T0007141

Cándido
o el Optimismo

Voltaire

Cándido o el Optimismo

Prólogo de **Italo Calvino**

Traducción de **José Ramón Monreal**

Navona

Primera edición
Febrero de 2023

Publicado en Barcelona por Editorial Navona SLU
Navona Editorial es una marca registrada de Suma Llibres SL
Aribau 153, 08036 Barcelona
navonaed.com

Dirección editorial Ernest Folch
Edición Estefanía Martín
Diseño gráfico Alex Velasco y Gerard Joan
Maquetación y corrección Moelmo
Papel tripa Oria Ivory
Tipografías Heldane y Studio Feixen Sans
Distribución en España UDL Libros

ISBN 978-84-19311-24-5
Depósito legal B 20888-2022
Impresión Romanyà Valls, Capellades
Impreso en España

Título original *Candide ou l'Optimisme*

Índice

El *Cándido* de Voltaire*

Personajes filiformes, animados de una vibrante movilidad, se alargan, se contorsionan en una zarabanda de ligereza mordaz: así ilustraba Paul Klee en 1911 el *Cándido* de Voltaire, dando forma visual —y casi me atrevería a decir musical— a la alegría energética que este libro —más allá de la densa envoltura de referencias a una época y a una cultura— sigue comunicando al lector de nuestro siglo.

En *Cándido* no es hoy el «cuento filosófico» lo que más nos encanta, no es la sátira, no es el cobrar forma de una moral y de una visión del mundo: es el ritmo. Corre por la página, con velocidad y ligereza, una sucesión de desgracias, suplicios, masacres, salta de capítulo en capítulo, se ramifica y multiplica sin provocar en la emotividad del lector otro

* La presente introducción fue escrita para la edición italiana con 26 ilustraciones de Paul Klee del *Cándido* de Voltaire de la Biblioteca Universales Rizzoli de 1974.

efecto que una vitalidad hilarante y primordial. Bastan las tres páginas del capítulo VIII para que Cunegunda dé cuenta de cómo, habiendo visto a su padre, madre, hermano hechos pedazos por los invasores, es violada, destripada, curada, reducida a hacer de lavandera, hecha objeto de contratación en Holanda y en Portugal, compartida a días alternos entre dos protectores de distinto credo, y tiene así ocasión de asistir al auto de fe que tiene por víctimas a Pangloss y a Cándido y de reunirse con éste último, son suficientes menos de dos páginas del capítulo IX para que Cándido se encuentre con dos cadáveres entre los pies y Cunegunda pueda exclamar: «¿Cómo es que vos, que sois tan pacífico, habéis dado muerte en dos minutos a un judío y a un prelado?». Y cuando la vieja sirvienta debe explicar por qué tiene una sola nalga, tras haber comenzado a contar su vida desde que era una hija de papá, a la edad de trece años, en el transcurso de tres meses, había sufrido miseria, esclavitud, había sido violada casi a diario, había visto hacer pedazos a su madre, había sufrido hambre y la guerra, y moría apestada en Argel, tiene que acabar hablando del asedio de Azov y del insólito recurso alimenticio que los jenízaros hambrientos encuentran en las nalgas femeninas, pues bien, aquí las cosas van para largo, se requieren dos capítulos enteros, digamos seis páginas y media.

El gran hallazgo encontrado por el Voltaire humorista es el que se convertirá en uno de los efectos más seguros del cine cómico: la acumulación de desastres a gran velocidad. Y no faltan las imprevistas aceleraciones de ritmo que llevan el sentido del absurdo al paroxismo: cuando la serie de desventuras ya narradas velozmente en su exposición «por extenso» se ve repetida en un resumen a rienda suelta. Es un gran cinematógrafo mundial el que proyecta Voltaire en sus fulminantes fotogramas, es la vuelta al mundo en ochenta páginas, que lleva a Cándido de su Westfalia natal a Holanda, Portugal, América del Sur, Francia, Inglaterra, Venecia y Turquía, y se ramifica en las vueltas por el mundo suplementarias de los personajes secundarios masculinos y sobre todo femeninos, fáciles presas de piratas y tratantes de esclavos entre Inglaterra y el Bósforo. Un gran cinematógrafo de la actualidad mundial, sobre todo: con los pueblos masacrados en la guerra de los Siete Años entre prusianos y franceses (los «búlgaros» y los «avaros»), el terremoto de Lisboa de 1755, los autos de fe de la Inquisición, los jesuitas del Paraguay que rechazan el dominio español y portugués, las míticas riquezas de los incas, y algún que otro flash más rápido sobre el protestantismo en Holanda, sobre la propagación de la sífilis, la piratería mediterránea y atlántica, las guerras intestinas de Marruecos, la explotación de los esclavos negros en la Guayana, dejando cierto margen para la crónica literaria y mundana parisién y para las entrevistas a los muchos reyes destronados del momento, llegados para el carnaval de Venecia.

Un mundo que se va a pique, en el que nadie está a salvo en lugar alguno, a excepción del único país prudente y feliz, El Dorado. Debería excluirse la conexión entre felicidad y riqueza, dado que los incas ignoran que el polvo de oro de sus calles y los cantos rodados de diamante poseen tan alto valor para los hombres del Viejo Mundo. Y sin embargo, véase lo que son las casualidades, Cándido encuentra una sociedad prudente y feliz precisamente entre los yacimientos de metales preciosos. Allí finalmente Pangloss podría tener razón, el mejor de los mundos posibles podría ser realidad: sólo que El Dorado se halla oculto entre las más inaccesibles cordilleras de los Andes, quizá en un desgarro de mapa: es un no-lugar, una utopía.

Pero si este País de Jauja posee ese mucho de vago y de poco convincente que es propio de las utopías, el resto del mundo, con sus agobiantes tribulaciones, aunque contadas de corrido, no es en absoluto una representación modélica. «¡A este precio tomáis azúcar en Europa!», dice el negro de la Guayana holandesa, tras haber informado de sus suplicios en pocas líneas; y la cortesana, en Venecia. «¡Ah, señor!, si pudierais haceros una idea de lo que es estar obligada a acariciar indiferentemente a un viejo mercader, un abogado, un monje, un gondolero, un abate; estar expuesta a todos los insultos, a todas las vejaciones; tener a veces que pedir prestada una falda para ir a que te la quite un hombre asqueroso; que uno te robe lo que has ganado con otro; tener que pagar a los alguaciles y no tener más perspectiva que una vejez espantosa, un hospital, un estercolero, concluiríais que soy una de las criaturas más desgraciadas de este mundo».

Cierto que los personajes del *Cándido* parecen hechos de goma: Pangloss se marchita por la sífilis, lo ahorcan, lo atan al remo de una galera, y volvemos a encontrarlo siempre vivito y coleando. Pero sería erróneo decir que Voltaire sobrevuela infravalorándolos los sufrimientos. ¿Qué otro novelista tiene el coraje de hacernos encontrar a la heroína que al comienzo es «de un vivo colorido, lozana, carnosa y apetecible», transformada en una Cunegunda «atezada, con los ojos estriados de rojo, el pecho plano, las mejillas arrugadas, los brazos enrojecidos y despellejados»?

Nos damos cuenta en este punto de que nuestra lectura del *Cándido,* que pretendía ser totalmente exterior, meramente «superficial», nos ha llevado al centro de la «filosofía», de la visión del mundo de Voltaire. Porque no hay que reconocerse tan sólo en la polémica con el optimismo providencialista de Pangloss: si bien se mira, el mentor que acompaña a Cándido más largo tiempo no es el desventurado pedagogo leibniziano, sino el «maniqueo» Martín, el cual se siente llevado a ver en el mundo sólo las victorias del diablo; y si Martín hace el papel del anti-Pangloss, no cabe decir ciertamente por ello que sea él quien ha ganado la partida. Hay que buscar —dice Voltaire— una explicación metafísica del mal, como hacen el optimista Pangloss y el pesimista Martín, porque este mal es subjetivo, indefinible y no mensurable; el credo de Voltaire es antifinalista, o sea, si su Dios tiene un fin, será un fin inescrutable; no existe un designio preexistente del universo o, si existiese, corresponde a Dios conocerlo y no al hombre; el «racionalismo» de Voltaire es una actitud ética y voluntarista que se extiende sobre un fondo teológico inconmensurable para el hombre como el de Pascal.

Si este carrusel de desastres puede contemplarse con la sonrisa a flor de labios es porque la vida humana es rápida y limitada; siempre hay alguien que puede decirse más desafortunado que nosotros; y quien, pongamos por caso, no tuviera nada de que quejarse, dispusiese de todo lo que la vida pueda ofrecer de bueno, acabaría como el señor Pococurante, senador veneciano, que mira siempre a los demás por encima del hombro, para encontrar defectos donde no debería encontrar más que motivos de satisfacción y admiración. El verdadero personaje negativo del libro es él, el aburrido Pococurante; en el fondo, Pangloss y Martin, pese a dar a vanas preguntas respuestas insensatas, se debaten en los desgarros y en los riesgos que son la sustancia de la vida.

La apuesta llena de cordura que aflora en el libro a través de unos portavoces marginales como el anabaptista Jacques, el viejo inca, y algún *savant* parisiense que se parece mucho al autor, se declara al final por boca del derviche en la famosa moral del «cultivar nuestro huerto». Moral muy reductiva, es cierto: que debe entenderse en su significado intelectual antimetafísico: uno no debe plantearse otros problemas que los que puede resolver con su directa aplicación práctica. Y en su significado social: primera afirmación del trabajo como sustancia de todo valor. Hoy la exhortación «*il faut cultiver notre jardin*» suena a nuestros oídos cargada de connotaciones egoístas y burguesas: muy fuera de lugar si la comparamos con nuestras preocupaciones y angustias. No es casualidad que sea anunciada en la última página, casi ya fuera de este libro en el que el trabajo aparece sólo como condenación y en el que los jardines son habitualmente devastados: también es una utopía, no menos que el reino de los incas; la voz de la «razón» en *Cándido* es totalmente utópica. Pero tampoco es casualidad que sea la frase del *Cándido* que ha tenido más fortuna, hasta el punto de convertirse en proverbial. No debemos olvidar el cambio radical epistemológico y ético que esta enunciación señalaba (estamos en 1759, exactamente treinta años antes de la toma de la Bastilla): el hombre juzgado no ya en su relación con un bien y un mal trascendentes, sino en ese poco o mucho que puede hacer. Y de ahí derivan tanto una moral del trabajo estrictamente «productivista» en sentido capitalista de la palabra, como una moral del compromiso práctico responsable concreto sin el cual no hay problemas generales que puedan resolverse. Las verdaderas elecciones del hombre de hoy, en suma, parten de ahí.

ITALO CALVINO

CÁNDIDO O EL OPTIMISMO

Traducido del alemán por el doctor Ralph[1]
con las adiciones encontradas
en el bolsillo del doctor a su fallecimiento,
ocurrido en Minden,[2]
el año de gracia
de 1739

Capítulo primero

De cómo Cándido fue educado en un hermoso castillo y de cómo le echaron de él

Había en Westfalia, en el castillo del señor barón de Thunder-ten-tronckh, un muchacho al que la naturaleza había dotado de las costumbres más apacibles. Su cara era el espejo de su alma. Era muy recto de juicio y de espíritu muy inocente. Tal vez por esta razón le llamaban Cándido. Los viejos criados de la casa sospechaban que era hijo de la hermana del señor barón y de un buen y honrado gentilhombre de los contornos, con quien la muchacha no quiso casarse jamás, porque no había podido probar más que setenta y un cuarteles,[3] y porque el resto de su árbol genealógico se había perdido a causa de los estragos del tiempo.

Era el señor barón uno de los más poderosos señores de Westfalia, pues su castillo tenía puerta y ventanas. La gran sala estaba adornada con un tapiz. Todos los perros de sus patios formaban, si era menester, una jauría; los palafreneros eran sus monteros; el vicario del pueblo, su limosnero mayor. Todo el mundo le llamaba señoría, y le reían todas las gracias.

La señora baronesa, que pesaba alrededor de trescientas cincuenta libras, se había ganado por ello una grandísima consideración y honraba a la casa con una dignidad que la hacía más respetable aún. Su hija Cunegunda, de diecisiete años de edad, era de un vivo colorido, lozana, carnosa y apetecible. El hijo del barón parecía en todo digno de su padre. El preceptor Pangloss[4] era el oráculo de la casa y el pequeño Cándido escuchaba sus lecciones con la buena fe propia de su edad y de su carácter.

Pangloss enseñaba la metafísico-teólogo-cosmolonigología.[5] Demostraba admirablemente que no hay efecto sin causa y que en éste, el mejor de los mundos posibles, el castillo del señor barón era el más hermoso de los castillos y la señora la mejor de las baronesas posibles.

«Está demostrado —decía— que las cosas no pueden ser de otro modo de como son, ya que, estando hechas para un fin, todo conduce necesariamente hacia el mejor fin posible. Nótese que las narices fueron hechas para llevar anteojos, por eso tenemos anteojos. Las piernas fueron evidentemente hechas para ser calzadas, y tenemos las calzas. Las piedras fueron hechas para ser talladas y para construir castillos con ellas, por eso su señoría tiene un hermoso castillo; el barón más grande de la provincia debe ser el que esté mejor aposentado; y los cerdos fueron hechos para ser comidos, y por eso comemos tocino todo el año: por consiguiente, los que han dicho que todo va bien han dicho una tontería; hubieran tenido que decir que todo va del mejor modo posible».

Cándido escuchaba atentamente, y lo creía inocentemente, pues encontraba a la señorita Cunegunda muy hermosa, aunque nunca hubiera tenido el atrevimiento de decírselo. Pensaba que después de la dicha de haber nacido barón de Thunder-ten-tronckh, el segundo grado de la felicidad era ser la señorita Cunegunda; el tercero, verla todos los días; y el cuarto, escuchar al maestro Pangloss, el más grande filósofo de la provincia y, por tanto, del orbe entero.

Paseándose un día Cunegunda cerca del castillo, por el pequeño bosque que llamaban el *parque*, vio entre la maleza al doctor Pangloss impartiendo una lección de física experimental a la doncella de su madre, morenita, muy graciosa y dócil. Como la señorita Cunegunda tenía grandes aptitudes para las ciencias, observó, sin decir esta boca es mía, los reiterados experimentos de que era testigo; y comprendió clara y distintamente la razón suficiente del doctor, los efectos y las causas, y se volvió muy inquieta, pensativa y llena de grandes deseos de saber, soñando que podría perfectamente ser la razón suficiente del joven Cándido, quien podía ser también la suya.

De vuelta al castillo, se encontró a Cándido y se sonrojó; también éste se ruborizó; ella le dio los buenos días con voz entrecortada, y Cándido habló sin saber lo que decía. Al día siguiente después de comer, al levantarse de la mesa, Cunegunda y Cándido se encontraron detrás de un biombo; Cunegunda dejó caer su pañuelo, Cándido lo recogió, ella le tomó inocentemente la mano, el joven besó candorosamente la de la muchacha con una viveza, una sensibilidad, una gracia muy particulares; sus bocas se encontraron, sus ojos se encendieron, sus rodillas flaquearon, sus manos se extraviaron. El señor barón de Thunder-ten-tronckh acertó a pasar cerca del biombo y, viendo aquellas causas y aquellos efectos, echó del castillo a Cándido propinándole unas patadas en el trasero; Cunegunda sufrió un desmayo; fue abofeteada por la señora baronesa al volver en sí; y todo fue consternación en el más bello y agradable de los castillos posibles.

Capítulo segundo

De lo que le sucedió a Cándido entre los búlgaros

Expulsado del paraíso terrenal, Cándido anduvo largo tiempo sin norte, llorando, alzando los ojos al cielo, volviéndolos con frecuencia hacia el más hermoso de los castillos que encerraba a la más bella de las baronesas; se acostó sin cenar en medio de los campos, entre dos surcos; la nieve caía en gruesos copos. Cándido, aterido de frío, se dirigió al día siguiente al pueblo más cercano, que se llamaba Valdberghoff-trarbk-dikdorff, sin un céntimo, muerto de hambre y de cansancio. Se detuvo con aire triste ante la puerta de una taberna. Dos hombres, vestidos de azul,[6] le observaron: «Camaradas —dijo uno de ellos—, ahí tenéis a un muchacho bien formado y que tiene la talla requerida». Avanzaron hacia Cándido y le rogaron muy amablemente que comiese con ellos. «Caballeros —les dijo Cándido con encantadora modestia—, me hacéis un gran honor, pero no tengo con qué pagar mi escote». «¡Ah!, caballero —le dijo uno de los azules—, las personas de vuestra facha y de vuestro mérito no pagan nunca nada: ¿acaso no tenéis cinco pies y cinco pulgadas de altura?». «Sí, caballeros, ésa es mi talla», dijo Cándido haciendo una reverencia. «¡Ah!, caballero, sentaos a la mesa; no sólo pagaremos nosotros, sino que no permitiremos jamás que a un hombre así le falte el dinero; los hombres nacemos para ayudarnos los unos a los otros». «Tenéis razón —dijo Cándido—; es lo que el señor Pangloss me ha dicho siempre, y veo que todo va del mejor modo posible». Le rogaron que aceptase algunos escudos, él los cogió y quiso firmar un reconocimiento de deuda; ellos se negaron y se sentaron a la mesa: «¿No sentís un gran afecto...?». «¡Oh, sí! —respondió Cándido—, siento un gran afecto por la señorita Cunegunda». «No —dijo uno de aquellos señores—, quería decir que si sentís un gran afecto por el rey de los búlgaros». «En absoluto —repuso Cándido—, porque jamás lo he visto». «Pero ¡cómo!, si es el más encantador de los reyes, y hay que beber a su salud». «Con mucho gusto, caballeros»; y bebe. «Es suficiente —le dicen—, ya sois el apoyo, el sostén, el defensor, el héroe de los búlgaros; ya tenéis asegurada vuestra fortuna y afianzada vuestra gloria». Inmediatamente le ponen unos grilletes en los pies, y le llevan al regimiento. Le hacen dar media vuelta a derecha e izquierda, sacar la baqueta, volver a meterla, apuntar, disparar, redoblar el paso, y le dan treinta azotes; al día siguiente hace la instrucción un poco menos mal, y no recibe más que veinte; al otro no le dan más que diez, y sus compañeros le miran como a un portento.

Muy asombrado, Cándido no acertaba a comprender muy bien por qué era un héroe. Se le ocurrió un bonito día de primavera ir a pasear, echando a andar todo recto, pues creía que era un privilegio de la especie humana, así como de la especie animal, el servirse de las piernas a su antojo. No había hecho dos leguas cuando se encuentra con otros cuatro héroes de seis pies que le dan alcance, lo maniatan y lo llevan a un calabozo. Le preguntaron, de acuerdo con las normas militares, qué prefería, si ser azotado treinta y seis veces por todo el regimiento o recibir de una sola vez doce balas de plomo en el cerebro. De nada le sirvió decir que las voluntades son libres, y que no deseaba ni lo uno ni lo otro, pues había que elegir; y él optó, en virtud de un don de Dios llamado *libertad*, por pasar treinta y seis veces por las baquetas; hizo dos pasadas. Formaban el regimiento unos dos mil hombres; lo cual arrojaba un total de cuatro mil baquetazos, que, desde la nuca y el cuello hasta el culo, le descubrieron músculos y nervios. Cuando iban a proceder a la tercera pasada, Cándido, no pudiendo más, suplicó que tuvieran la bondad de partirle la cabeza; y, tras obtener esta merced, le vendan los ojos y le ponen de rodillas. Pero en aquel momento acierta a pasar por allí el rey de los búlgaros, y se informa del delito del reo; y, como era un rey inteligente, comprendió, por todo cuanto le dijeron de Cándido, que éste era un joven metafísico, muy ignorante de las cosas de este mundo, por lo que le concedió su gracia con una clemencia que será alabada en todos los periódicos y por los siglos de los siglos. Un buen cirujano curó a Cándido en tres semanas con los emolientes que enseña Dioscórides.[7] Ya tenía un poco de piel y podía andar cuando el rey de los búlgaros libró batalla con el rey de los avaros.

Capítulo tercero

De cómo Cándido se salvó de los búlgaros, y lo que le aconteció

Nada tan hermoso, tan lucido, tan brillante, tan disciplinado como aquellos dos ejércitos. Las trompetas, los pífanos, los oboes, los tambores, los cañones, formaban tal armonía como no la hubo jamás en el infierno. Primero los cañones derribaron a cerca de seis mil hombres de cada bando; a continuación la mosquetería borró del mejor de los mundos a cerca de nueve o diez mil bribones que infestaban su superficie. La bayoneta fue también la razón suficiente de la muerte de algunos millares de hombres. El total podía ascender perfectamente a unas treinta mil almas. Cándido, que temblaba como un filósofo, se escondió lo mejor que pudo durante esta heroica carnicería.

Finalmente, mientras ambos reyes hacían cantar cada uno en su campamento un *Te Deum*,[8] él tomó la decisión de ir a meditar a otra parte acerca de los efectos y de las causas. Pasó primero por encima de montones de muertos y de moribundos, y llegó a un pueblo vecino, reducido a cenizas; era una aldea avara que los búlgaros habían incendiado, de acuerdo con las leyes del derecho público. Aquí los ancianos apaleados observaban morir a sus mujeres degolladas, que sostenían a sus hijos contra sus pechos ensangrentados; allá sus hijas, destripados después de haber saciado los deseos naturales de algunos héroes, exhalaban el último suspiro; otras, a medio quemar, pedían a gritos que les diesen muerte. Los sesos estaban esparcidos por tierra al lado de brazos y piernas cortadas.

Cándido huyó a toda prisa a otro pueblo: éste pertenecía a los búlgaros, y los héroes avaros lo habían tratado del mismo modo. Cándido, andando siempre por encima de miembros palpitantes o entre las ruinas, llegó al fin fuera del teatro de la guerra con unas pocas provisiones en su alforja, y sin olvidar nunca a la señorita Cunegunda. Las provisiones se le acabaron al llegar a Holanda; pero, habiendo oído decir que en ese país todo el mundo es rico, y que eran cristianos, no dudó de que sería tratado tan bien como en el castillo del señor barón antes de que le echaran a causa de los bellos ojos de la señorita Cunegunda.

Pidió limosna a varios personajes graves, que le respondieron que, si seguía ejerciendo aquel oficio, le meterían en un correccional para que aprendiese a vivir.

Se dirigió entonces a un hombre que acababa de hablar, él solo, una hora seguida sobre la caridad ante una gran asamblea. El orador le miró de reojo y le dijo: «¿Que venís a hacer aquí? ¿Estáis a favor de la buena causa?». «No hay efecto sin causa —respondió modestamente Cándido—, todo está necesariamente concatenado y dispuesto para lo mejor. Ha sido necesario que me echaran del lado de la señorita Cunegunda, que pasara por las baquetas y que mendigara el pan hasta que pueda ganarlo; todo esto no podía ser de otro modo». «Amigo mío —le dijo el orador—, ¿creéis que el Papa es el Anticristo?». «Nunca lo había oído —respondió Cándido—; pero, séalo o no, a mí me falta el pan». «Tú no mereces comerlo —dijo el otro—; vete, bribón, vete, miserable, y no te acerques más a mí en la vida». La mujer del orador se había asomado a la ventana y, viendo a un hombre que dudaba de que el Papa fuese el Anticristo, le derramó sobre la cabeza un orinal lleno de... ¡Santo cielo, a qué extremos lleva a las damas el celo por la religión!

Un hombre que no había sido bautizado, un buen anabaptista, llamado Jacques, vio de qué manera cruel e ignominiosa se trataba a uno de sus hermanos, un bípedo implume, que tenía un alma;[9] y le llevó a su casa, le aseó, le ofreció pan y cerveza, le dio dos florines, y hasta quiso enseñarle a trabajar en sus fábricas de telas de Persia hechas en Holanda. Cándido, casi postrándose ante él, exclamó: «Ya me decía el maestro Pangloss que todo iba del mejor modo posible en este mundo, puesto que estoy infinitamente más conmovido por vuestra extremada generosidad que por la dureza de ese señor de negra capa[10] y de su señora esposa».

A la mañana siguiente, mientras paseaba, se encontró con un pordiosero cubierto de pústulas, cegato, la punta de la nariz roída, torcida la boca, ennegrecidos los dientes, y la voz gutural, atacado por una fuerte tos y que escupía un diente a cada esfuerzo.

Capítulo cuarto

De cómo Cándido encontró a su antiguo maestro de filosofía, el doctor Pangloss, y lo que aconteció

Cándido, movido a compasión más que a horror, dio al espantoso pordiosero los dos florines que había recibido de su honrado anabaptista Jacques. El fantasma le miró fijamente, derramó unas pocas lágrimas y le echó los brazos al cuello. Cándido, aterrado, retrocede. «¡Ay! —dice el miserable al otro miserable—, ¿es que ya no reconocéis a vuestro querido Pangloss?». «Pero ¿qué oigo? ¿Vos, mi querido maestro, en este horrible estado? ¿Qué desgracia os ha sucedido? ¿Por qué no estáis ya en el más hermoso de los castillos? ¿Qué le ha ocurrido a la señorita Cunegunda, la joya de las hijas, la obra maestra de la naturaleza?». «No puedo más», contestó Pangloss. Cándido le llevó inmediatamente al establo del anabaptista, donde le hizo comer un poco de pan; y una vez que Pangloss se hubo repuesto, le dijo: «Y bien, ¿y Cunegunda?». «Está muerta», prosiguió el otro. Cándido se desvaneció al oír estas palabras; su amigo le hizo volver en sí con un poco de un vinagre malo que encontró por casualidad en el establo. Cándido vuelve a abrir los ojos. «¡Cunegunda, muerta! ¡Ah!, el mejor de los mundos, ¿dónde estás? Pero ¿de qué enfermedad murió? ¿No habrá sido por haberme visto echar a patadas del castillo de su señor padre?». «No —dice Pangloss—; los soldados búlgaros le sacaron las tripas después de haber sido violada tanto como se puede serlo; rompieron la cabeza al señor barón, que quiso defenderla; la señora baronesa fue hecha pedazos; mi pobre pupilo fue tratado exactamente como su hermana; y en cuanto al castillo, no ha quedado de él piedra sobre piedra, ni una caballeriza, ni un carnero, ni un pato, ni un árbol; pero hemos sido bien vengados, porque los avaros han hecho otro tanto en una baronía vecina propiedad de un señor búlgaro».

Al oír esto, Cándido se desmayó de nuevo; pero, tras volver en sí y haber dicho todo cuanto debía decir, se informó de la causa y del efecto, y de la razón suficiente que había puesto a Pangloss en tan lamentable estado. «¡Ay! —dijo el otro—, es el amor; el amor, consolador del género humano, el conservador del universo, el alma de todos los seres sensibles, el tierno amor». «¡Ay! —dijo Cándido—, yo he conocido ese amor, ese soberano de los corazones, esa alma de nuestra alma; nunca me ha traído más provecho que un beso y veinte patadas en el trasero. ¿Cómo ha podido produciros esta buena causa tan abominable efecto?».

Pangloss le respondió en estos términos: «¡Oh, mi querido Cándido! Ya habéis conocido a Paquette, esa linda doncella de nuestra augusta baronesa; en sus brazos gocé de las delicias del paraíso, que han producido luego estos tormentos infernales que, como veis, hoy me consumen; ella estaba infectada, tal vez esté ya muerta. Paquette recibió ese regalo de un franciscano muy sabio, que había averiguado el origen de su contagio; pues lo había recibido de una vieja condesa, a quien se lo había contagiado un capitán de caballería, quien se lo debía a una marquesa, la cual lo tenía de un paje, que lo había recibido de un jesuita, a quien, siendo novicio, se lo había contagiado directamente uno de los compañeros de Cristóbal Colón. En cuanto a mí, no se lo transmitiré a nadie, pues me muero».

«¡Oh, Pangloss! —exclamó Cándido—, ¡ésta sí que es una extraña genealogía! ¿No sería acaso el diablo el origen de todo?». «Nada de eso —replicó el gran hombre—; era algo indispensable en el mejor de los mundos, un ingrediente necesario: porque si Colón no hubiese contraído en una isla de América esta enfermedad que emponzoña la fuente misma de la generación, y que llega a menudo hasta a impedirla, y que evidentemente es lo opuesto del gran fin de la naturaleza, no tendríamos ni el chocolate ni la cochinilla; hay que hacer notar también que hasta hoy, en nuestro continente, esta enfermedad es específicamente nuestra, como la controversia.[11] Los turcos, los indios, los persas, los chinos, los siameses, los japoneses la desconocen aún; pero hay una razón suficiente para que la conozcan a su vez dentro de unos siglos. Mientras tanto se ha propagado asombrosamente entre nosotros y sobre todo en esos grandes ejércitos formados por honrados combatientes asalariados bien criados que deciden el destino de los estados; puede asegurarse que, cuando treinta mil hombres luchan en orden de batalla contra unas tropas iguales en número, hay alrededor de veinte mil sifilíticos en cada bando».

«Lo cual es admirable —dijo Cándido—, pero hay que hacer que os curen». «¿Y cómo conseguirlo? —preguntó Pangloss—, pues no tengo un céntimo, amigo mío; y, en toda la extensión de este globo, uno no puede hacerse sangrar ni lavar sin pagar, o sin que alguien pague por nosotros».

Estas últimas razones hicieron decidirse a Cándido, que fue a echarse a los pies de su caritativo anabaptista Jacques, y le pintó un cuadro tan conmovedor del estado a que había quedado reducido su amigo, que el buen hombre no dudó en recibir al doctor Pangloss, y le hizo curar a sus expensas. En la cura, Pangloss no perdió más que un ojo y una oreja. Escribía bien y conocía perfectamente la aritmética. El anabaptista Jacques le hizo su tenedor de libros.[12] Al cabo de dos meses, obligado a ir a Lisboa por asuntos de su comercio, llevó en su navío a sus dos filósofos. Pangloss le explicó entonces que todo iba lo mejor posible. Jacques no era del mismo parecer.

«Por fuerza —decía— los hombres han tenido que corromper un poco la naturaleza, pues no nacieron lobos, y en lobos se han convertido. Dios no les dio ni cañones de veinticuatro[13] ni bayonetas, y ellos bien que han fabricado bayonetas y cañones para destruirse. A ello podría añadir las quiebras, y la justicia que embarga los bienes de quienes han ido a la ruina en perjuicio de los acreedores».

«Todo esto era indispensable —replicaba el tuerto doctor—, pues las desgracias individuales contribuyen al bien general, de suerte que, cuantas más desgracias particulares hay, mejor va todo».

Mientras argüía así, se oscureció el aire, soplaron los vientos de las cuatro esquinas del mundo, y el navío se vio envuelto en la más horrible tempestad a la vista del puerto de Lisboa.

Capítulo quinto

Tempestad, naufragio, terremoto y lo que les aconteció al doctor Pangloss, a Cándido y al anabaptista Jacques

La mitad de los pasajeros, debilitados, expirando en las inconcebibles angustias que los balanceos de un barco producen en los nervios y en todos los humores del cuerpo, agitados en sentido contrario, ya no tenían ni fuerzas para inquietarse por el peligro. La otra mitad lanzaba gritos y rezaba; las velas se habían desgarrado, los mástiles estaban rotos, la nave hendida. Trabajaba el que podía, no se oía a nadie, nadie mandaba. El anabaptista ayudaba un poco en la maniobra; estaba en la cubierta del puente cuando un marinero furioso le dio un fuerte empellón, tumbándole sobre el entablado; pero fue tal su ímpetu al empujarle que él mismo cayó de cabeza fuera del navío por la violenta sacudida. Quedó suspendido y colgado del mástil roto. El bueno de Jacques corre a socorrerlo, le ayuda a levantarse, y del esfuerzo que hace se cae al mar ante los mismos ojos del marinero, quien le deja morir sin dignarse siquiera mirarle. Cándido se acerca, ve a su benefactor, que reaparece un momento, y es tragado para siempre. Quiere arrojarse tras él al mar; pero se lo impide el filósofo Pangloss, demostrándole que la rada de Lisboa había sido hecha expresamente para que se ahogase en ella aquel anabaptista. Mientras lo demostraba *a priori*, el navío se quiebra y se va todo a pique, salvo Pangloss, Cándido y el brutal marinero que había hecho ahogarse al virtuoso anabaptista; el muy bribón logró ponerse a salvo nadando hasta la orilla, adonde Pangloss y Cándido llegaron sobre una tabla.

Una vez que se hubieron recobrado un poco, se encaminaron hacia Lisboa; les quedaba un poco de dinero con el que esperaban salvarse del hambre, tras haberlo hecho de la tempestad.

No bien ponen los pies en la ciudad, llorando la muerte de su benefactor, sienten que la tierra tiembla bajo sus pies; la mar embravecida se alza en el puerto, y destroza las naves allí ancladas. Torbellinos de llamas y de cenizas cubren las calles y las plazas públicas; las casas se desmoronan, los tejados se desploman sobre los cimientos y éstos se desintegran; treinta mil habitantes de toda edad y sexo quedan aplastados bajo las ruinas.[14] El marinero, resoplando y jurando, decía: «Algún provecho podrá sacarse de esto». «¿Cuál puede ser la razón suficiente de este fenómeno?», preguntaba Pangloss. «¡Esto es el fin del mundo!», exclamaba Cándido. El marinero se lanza al instante por entre los escombros, arrostra la muerte en busca de dinero, lo encuentra, lo coge, se embriaga y, tras haber dormido la borrachera, compra los favores de la primera mujerzuela bien dispuesta que encuentra, entre las ruinas de las casas destruidas y en medio de moribundos y de muertos. Mientras tanto Pangloss le tiraba de la manga. «Amigo mío —le dijo—, esto no está bien, porque es faltar a la razón universal, no es éste el momento». «¡Rayos y centellas! —respondió el otro—, soy marinero y nacido en Batavia;[15] he pisoteado cuatro veces el crucifijo en cuatro viajes al Japón;[16] ¡pues sí que has ido a toparte con la persona a la que hablarle de tu razón universal!».

Algunas esquirlas de piedra habían herido a Cándido; estaba tendido en la calle y cubierto de escombros. Decía a Pangloss: «¡Ay! Consígueme un poco de vino y de aceite; me muero». «Este terremoto no es cosa nueva —respondió Pangloss—; la ciudad de Lima sufrió las mismas sacudidas en América el pasado año; las mismas causas, los mismos efectos: seguramente hay una veta de azufre subterránea que va de Lima a Lisboa». «Nada más probable —dijo Cándido—; pero, por Dios, un poco de aceite y de vino». «Pero ¿cómo que probable? —replicó el filósofo—; sostengo que es algo demostrado». Cándido perdió el conocimiento y Pangloss le trajo un poco de agua de una fuente cercana.

Al día siguiente, tras haber encontrado, metiéndose por entre los escombros, algo que llevarse a la boca, pudieron recuperar un poco las fuerzas. Luego trabajaron como los demás a fin de aliviar el sufrimiento de los habitantes que habían escapado a la muerte. Unos ciudadanos a los que habían socorrido les dieron una comida tan buena como cabía esperar en medio de semejante desastre. Es verdad que la comida fue triste; los comensales rociaron su pan con sus lágrimas; pero Pangloss los consoló diciéndoles que las cosas no podían ser de otro modo: «Porque —dijo— todo esto es lo mejor posible. Porque si hay un volcán en Lisboa, no podía hallarse en otra parte. Porque no es posible que las cosas no estén en donde están. Porque todo está bien».

Un hombrecillo vestido de negro, familiar[17] de la Inquisición, sentado junto a él, tomó cortésmente la palabra y dijo: «Por lo que parece, el señor no cree en el pecado original, pues si todo va lo mejor posible, cabe deducir que no ha habido caída ni castigo».

«Pido humildemente perdón a Vuestra Excelencia —respondió Pangloss más cortésmente aún—, pues la caída del hombre y la maldición formaban parte necesariamente del mejor de los mundos posibles». «¿El señor no cree, pues, en la libertad?», preguntó el familiar. «Disculpe Vuestra Excelencia —dijo Pangloss—; la libertad puede convivir con la necesidad absoluta; porque era necesario que fuésemos libres; porque, en fin, la voluntad determinada...». Estaba Pangloss en mitad de su frase cuando el familiar hizo una seña con la cabeza a su lacayo, que le estaba sirviendo vino de Porto, o de Oporto.

Capítulo sexto

De cómo celebraron un magnífico auto de fe para impedir los terremotos, y de cómo Cándido fue azotado

Una vez que el terremoto hubo destruido las tres cuartas partes de Lisboa, los sabios del país no encontraron medio más eficaz de impedir la ruina total que ofrecer al pueblo un magnífico auto de fe; la Universidad de Coímbra decidió que el espectáculo de algunas personas quemadas a fuego lento, con un gran ceremonial, es un secreto infalible para impedir que la tierra tiemble.

A tal fin habían apresado a un vizcaíno convicto de haberse casado con su madrina;[18] y a dos portugueses que al comer un pollo le habían quitado el lardo;[19] y después de comer se llevaron maniatados al doctor Pangloss y a su discípulo Cándido, uno por haber hablado y el otro por haber escuchado con aire de aprobación: los dos fueron llevados por separado a unos aposentos extremadamente frescos, en los que nunca molesta el sol; ocho días después les pusieron a ambos sendos sambenitos y adornaron sus cabezas con capirotes: el capirote y el sambenito de Cándido llevaban pintados unas llamas invertidas y diablos sin colas ni garras; pero los diablos de Pangloss llevaban garras y colas, y las llamas estaban derechas.[20] Así ataviados anduvieron en procesión, y oyeron un sermón muy patético, seguido de una bonita música en fabordón.[21] Cándido fue azotado, siguiendo la cadencia, mientras se cantaba; el vizcaíno y los dos hombres que no habían querido comer el lardo fueron quemados, y Pangloss fue ahorcado, aunque no sea ésta la costumbre. El mismo día la tierra volvió a temblar con horrible estruendo.

Cándido, espantado, sobrecogido, consternado, todo ensangrentado, palpitando, se decía: «Si éste es el mejor de todos los mundos posibles, ¿cómo serán los otros? Pase que me hayan azotado, pues ya lo fui por los búlgaros. Pero, ¡oh, mi querido Pangloss! ¡El más grande de los filósofos! ¡Haberos visto ahorcar sin saber el porqué! ¡Oh, mi querido anabaptista! ¡El mejor de los hombres! ¡Que hayáis tenido que ahogaros en el puerto! ¡Oh, señorita Cunegunda! ¡La joya de las muchachas! ¡Que hayan tenido que rajaros el vientre!».

Apenas si podía sostenerse en pie, sermoneado, azotado, absuelto y bendecido, cuando, al alejarse, una vieja le dirigió la palabra y le dijo:

«Ánimo, hijo mío, seguidme».

Capítulo séptimo

De cómo una vieja curó a Cándido y éste volvió a encontrar a la que amaba

No por ello Cándido cobró ánimos, pero siguió a la vieja hasta una casucha; la vieja le dio allí una pomada para que se untase con ella, y le dejó algo de comer y de beber; le indicó un pequeño camastro muy limpio. Al lado había un traje completo. «Comed, bebed, dormid —le dijo—, y que Nuestra Señora de Atocha, san Antonio de Padua y Santiago de Compostela os guarden: volveré mañana». Cándido, aún sorprendido por lo que había visto, por lo que había sufrido y, más aún, por la caridad de la vieja, quiso besarle la mano. «No es mi mano la que hay que besar —dijo la vieja—; volveré mañana. Untaos con la pomada, comed y dormid».

Cándido, pese a tantas desventuras, comió y durmió. Al día siguiente la vieja le trae el desayuno, examina su espalda, le unta ella misma con otra pomada; luego le trae de comer; vuelve por la noche, y le trae de cenar. Al tercer día tuvo con él las mismas deferencias. «¿Quién sois? —le preguntaba Cándido cada vez—; ¿quién os ha inspirado tanta bondad? ¿Cómo puedo agradecéroslo?». La buena mujer no respondía nada; volvió esa noche sin traer la cena. «Venid conmigo —dijo—, y ni una palabra». Le coge del bracete y camina por el campo con él por espacio de un cuarto de milla: llegan a una casa apartada, rodeada de jardines y de estanques. La vieja llama a una puertecilla. Abren; conduce a Cándido, por una escalera secreta, hasta un gabinete dorado, le deja en un sofá de brocado, cierra la puerta y se va. Cándido creía estar soñando, veía toda su vida como un sueño funesto, y el momento presente como un sueño agradable.

La vieja no tardó en reaparecer; sostenía con dificultad a una mujer temblorosa, de majestuoso talle, refulgente de pedrería y tocada con un velo. «Levantad ese velo», le dijo la vieja a Cándido. El joven se acerca y con una mano levanta tímidamente el velo. ¡Qué momento! ¡Qué sorpresa! Cree estar viendo a la señorita Cunegunda; y la veía, en efecto, pues era ella. Le faltan las fuerzas, no puede pronunciar palabra, cae a sus pies. Cunegunda se derrumba sobre el canapé. La vieja les rocía con aguas espirituosas, recobran el sentido, se hablan: primero, unas palabras entrecortadas, preguntas y respuestas que se cruzan, suspiros, lágrimas, gritos. La vieja les ruega que hagan menos ruido y les deja en libertad. «Pero ¿sois vos? —le pregunta Cándido—. ¡Estáis viva! Os encuentro en Portugal. ¿Así que no os violaron? ¿No os abrieron el vientre, como me aseguró el filósofo Pangloss?». «Así fue —dice la bella Cunegunda—, aunque no siempre se muere de esos dos accidentes». «Pero a vuestro padre y a vuestra madre, ¿no los mataron?». «Eso sí que es cierto», dice Cunegunda entre lágrimas. «¿Y vuestro hermano?». «A mi hermano también lo mataron». «¿Y por qué estáis en Portugal? ¿Cómo habéis sabido que yo estaba aquí? ¿Y por medio de qué extraña trapisonda me habéis hecho traer a esta casa?». «Os lo contaré todo —responde la dama—; pero antes debéis contarme todo lo ocurrido desde ese beso inocente que me disteis y las patadas que recibisteis».

Cándido obedeció con profundo respeto; y aunque estaba turbado, aunque su voz era débil y temblorosa, aunque la espalda le dolía todavía un poco, contó de la manera más inocente lo mucho que había sufrido desde el momento de su separación. Cunegunda alzaba los ojos al cielo; lloró por la muerte del bueno del anabaptista y de Pangloss; y tras lo cual habló con estos términos a Cándido, que no se perdía palabra y se la comía con los ojos.

Capítulo octavo

Historia de Cunegunda

«Estaba yo en mi cama durmiendo con un sueño profundo, cuando plugo al cielo enviar a los búlgaros a nuestro hermoso castillo de Thunder-ten-tronckh; degollaron a mi padre y a mi hermano, e hicieron pedazos a mi madre. Un búlgaro grandote, de unos seis pies de altura, viendo que ante este espectáculo yo había perdido el conocimiento, se puso a violarme, cosa que me hizo volver en mí, recobré el sentido, grité, me defendí, mordí, arañé, quise sacarle los ojos a aquel búlgaro grandullón, pues yo no sabía que todo lo que estaba pasando en el castillo de mi padre era algo habitual; el muy canalla me asestó una cuchillada en el costado izquierdo, donde tengo aún la cicatriz». «¡Ah, espero verla!», dijo inocentemente Cándido. «Ya la veréis —dijo Cunegunda—; pero prosigamos». «Continuad», dijo Cándido.

Ella retomó así el hilo de su historia:

«Entró un capitán búlgaro y me vio toda ensangrentada, aunque el soldado ni se inmutaba. El capitán montó en cólera ante el poco respeto que le demostraba aquel bruto y le dio muerte sobre mi propio cuerpo. Luego mandó que me vendasen y me llevó como prisionera de guerra a su acantonamiento. Yo le lavaba las pocas camisas que tenía, le cocinaba; él me encontraba muy bonita, hay que reconocerlo; y no seré yo quien niegue que él era muy galán y que tenía la piel blanca y suave; pero a poco seso, poca filosofía: saltaba a la vista que no lo había educado el doctor Pangloss. Al cabo de tres meses, habiendo perdido todo su dinero y cansado ya de mí, me vendió a un judío llamado don Isacar, que tenía casa de comercio en Holanda y en Portugal, y sentía verdadera pasión por las mujeres. Este judío estaba muy prendado de mí, pero no podía conquistarme y yo me resistí a él mejor que al soldado búlgaro. Una persona de honor puede ser violada una vez, pero ello no hace sino fortalecer su virtud.

»A fin de domesticarme, el judío me trajo a esta casa de campo que veis. Yo había creído hasta entonces que no existía sobre la faz de la tierra nada tan hermoso como el castillo de Thunder-ten-tronckh, pero me desengañé.

»El Gran Inquisidor me vio un día en misa, se fijó largamente en mí y me mandó decir que tenía que hablar conmigo de unos asuntos secretos. Fui conducida a su palacio; yo le informé acerca de mi cuna; él me manifestó cuánto estaba por debajo de mi rango el pertenecer a un israelita. Hizo que le propusieran a don Isacar que me cediese a Su Ilustrísima. Pero don Isacar, que es banquero de la corte y hombre de crédito, no quiso ceder. El inquisidor le amenazó con un auto de fe. Finalmente, mi judío, intimidado, se avino a un acuerdo con él, mediante el cual la casa y yo perteneceríamos a ambos en común; el judío me tendría los lunes, los miércoles y el día del *sabbat*, y el inquisidor, los otros días de la semana. Hace seis meses que dura este acuerdo. No siempre sin disputas; porque muchas veces resulta poco claro si la noche del sábado al domingo pertenece a la ley antigua o a la nueva.[22] Por mi parte, he resistido hasta ahora a las dos leyes y creo que por esta razón siempre he sido amada.

»Finalmente, para conjurar el azote de los terremotos, e intimidar a don Isacar, el señor inquisidor quiso celebrar un auto de fe. Me honró invitándome. Me dieron un buen sitio; sirvieron a las damas refrescos entre la misa y la ejecución. La verdad es que me estremecí de terror al ver arder a los dos judíos y a ese honrado vizcaíno que se había casado con su madrina; pero ¡cuál no fue mi sorpresa, mi estremecimiento y mi horror cuando vi, con un sambenito y un capirote, a una figura que se hubiera dicho la de Pangloss! Me froté los ojos, miré atentamente, le vi colgar; y sufrí un desmayo. Apenas hube recobrado el sentido, os vi sin ropas, totalmente desnudo: fue el colmo del horror, de la consternación, del dolor y de la desesperación. No os miento si os digo que vuestra piel es aún más blanca y de un encarnado más perfecto que la de mi capitán de los búlgaros. El ver esto no hizo sino redoblar todos los sentimientos que me tenían postrada, que me consumían. Lancé un grito, quise decir: "¡Parad, bárbaros!". Pero me falló la voz, y además mis gritos hubieran sido inútiles. Cuando os hubieron azotado de lo lindo... Pero ¿cómo es posible, decía yo, que el bueno de Cándido y el sabio Pangloss se encuentren en Lisboa, el uno para recibir cien azotes, el otro para ser ahorcado por orden del señor inquisidor, cuya manceba soy yo? Pangloss me engañaba de modo muy cruel cuando me decía que todo en el mundo va lo mejor posible.

»Agitada, desesperada, fuera de mí y dispuesta a morir de debilidad, no tenía en la cabeza más que la matanza de mi padre, de mi madre, de mi hermano, la insolencia de mi despreciable soldado búlgaro, la puñalada que me asestó, mi servidumbre, mi oficio de cocinera, el capitán búlgaro, el infame don Isacar, el abominable inquisidor, la ejecución del doctor Pangloss, ese gran *miserere* cantado en fabordón mientras os azotaban y, sobre todo, ese beso que yo os di detrás del biombo el día en que os vi por última vez. Alabé a Dios, que os devolvía a mí después de tantas pruebas. A mi vieja le recomendé que os cuidase y os trajese aquí en cuanto pudiera. Ella sabe cumplir muy bien mis órdenes; he sentido el placer indecible de volver a veros, de escucharos, de hablaros. Debéis de tener un hambre canina; también yo tengo un gran apetito; así que empecemos por cenar».

Y los dos se sientan a la mesa; y, después de cenar, vuelven al hermoso canapé del que ya se ha hablado; y estaban en él cuando llegó el señor don Isacar, uno de los dueños de la casa. Era el día del *sabbat*. Venía a disfrutar de sus derechos y a hacer demostración de su tierno amor.

Capítulo noveno

Lo que les aconteció a Cunegunda y a Cándido, al Gran Inquisidor y a un judío

El tal Isacar era el hebreo más colérico que se haya visto en Israel desde el cautiverio de Babilonia. «¡Qué! —dice—, perra de Galilea, ¿no te basta con el señor inquisidor? ¿Hace falta que este tunante te comparta conmigo?». Y tras decir esto, desenfunda un largo puñal del que nunca se separaba, y, como no creía que su adversario llevase armas, se arroja sobre Cándido; pero nuestro buen westfaliano había recibido, con el traje completo que le había dado la vieja, una hermosa espada. La desenvaina, por más que fuese persona pacífica, y deja tendido sobre el embaldosado, rígido y muerto, al israelita, a los pies de la bella Cunegunda.

«¡Virgen Santísima! —gritó ésta—, ¿qué va a ser de nosotros ahora? ¡Un hombre muerto en mi casa! Si se presenta la justicia, estamos perdidos». «Si no hubiesen ahorcado a Pangloss —dice Cándido—, él nos hubiera dado un buen consejo en este trance, porque era un gran filósofo. Pero, como ya no está con nosotros, consultemos a la vieja». Ésta era muy prudente, y comenzaba a decir lo que pensaba cuando se abrió otra puertecilla. Era la una de la noche, daba comienzo el domingo. Ese día pertenecía al señor inquisidor. Éste entra y ve al azotado Cándido empuñando la espada, un muerto tendido en el suelo, a Cunegunda aterrada, y a la vieja dando consejos.

He aquí lo que en ese momento se le pasó por las mientes a Cándido y lo que argumentó: «Si este santo varón pide socorro, infaliblemente me mandará a la hoguera; podría hacer lo mismo con Cunegunda, pues ya me hizo azotar sin piedad; es mi rival; estoy dispuesto a matar, no debo vacilar». Este razonamiento fue claro y rápido; y, sin dar tiempo al inquisidor a volver en sí de su sorpresa, lo atraviesa de parte a parte y lo arroja al lado del judío. «He aquí otra buena —dijo Cunegunda—; esto ya no tiene remedio; estamos excomulgados, ha llegado nuestra última hora. ¿Cómo es que vos, que sois tan pacífico, habéis dado muerte en dos minutos a un judío y a un prelado?». «Mi bella señorita —respondió Cándido—, cuando se está enamorado, celoso y se ha sido azotado por la Inquisición, uno ya no se reconoce».

Tomó entonces la palabra la vieja y dijo: «Hay en la caballeriza tres caballos andaluces, con sus sillas y sus bridas. Que el valiente Cándido los prepare. La señora tiene moyadores[23] y diamantes: y vayamos a Cádiz; hace el tiempo más bueno del mundo, y da gusto viajar con el fresco de la noche».

Cándido ensilla al punto los tres caballos. Cunegunda, la vieja y él hacen treinta millas de un tirón. Mientras se alejaban, se presenta en la casa la Santa Hermandad, entierran a Su Ilustrísima en una bella iglesia y arrojan a Isacar a un muladar.

Cándido, Cunegunda y la vieja estaban ya en la pequeña ciudad de Aracena, en medio de los montes de Sierra Morena, hablando así en un mesón.

Capítulo décimo

En qué triste situación Cándido, Cunegunda y la vieja llegan a Cádiz y de su embarque

«¿Quién ha podido robarme mis doblones y mis diamantes? —decía llorando Cunegunda—. ¿De qué viviremos ahora? ¿Cómo nos las apañaremos? ¿Dónde encontraremos inquisidores y judíos que me den otros?». «¡Ay! —dice la vieja—, yo sospecho del reverendo padre franciscano que pasó la noche de ayer en la misma posada que nosotros en Badajoz. ¡Dios me libre de hacer un juicio temerario! Pero entró dos veces en nuestro cuarto y se fue mucho antes que nosotras». «¡Ah! —dice Cándido—, el bueno de Pangloss me demostró muchas veces que los bienes terrenos pertenecen a todos los hombres, que cada uno tiene igual derecho a ellos. El franciscano hubiera tenido, siguiendo estos principios, que dejarnos lo necesario para terminar nuestro viaje. ¿No os queda ya nada, mi bella Cunegunda?». «Ni un maravedí», dice ella. «¿Qué haremos ahora?», pregunta Cándido. «Vendamos un caballo —responde la vieja—; yo montaré en la grupa detrás de la señorita, aunque no pueda sostenerme más que sobre una nalga, y así llegaremos a Cádiz».

Había en la misma hospedería un prior de benedictinos; éste compró el caballo a bajo precio. Cándido, Cunegunda y la vieja pasaron por Lucena, por Chillas, por Lebrija y por fin llegaron a Cádiz. Se estaba armando una flota y se reunían tropas para someter a los reverendos padres jesuitas del Paraguay, a quienes se acusaba de haber hecho rebelarse a una de sus hordas contra los reyes de España y Portugal, cerca de la colonia del Sacramento.[24] Cándido, que había servido con los búlgaros, hizo la maniobra búlgara ante el general del pequeño ejército con tanto donaire, tanta rapidez, destreza, valor y agilidad que le confiaron el mando de una compañía de infantería. Ya es capitán; se embarca con la señorita Cunegunda, la vieja, dos criados y los dos caballos andaluces que habían pertenecido al señor Gran Inquisidor de Portugal.

Durante toda la travesía charlaron mucho sobre la filosofía del pobre Pangloss. «Vamos hacia otro mundo —decía Cándido—; es en ése sin duda donde todo va del mejor modo posible. Porque hay que reconocer que no nos faltan motivos de queja, tanto física como moralmente, por lo que sucede en el nuestro». «Yo os amo de todo corazón —decía Cunegunda—; pero mi alma está aún espantada por lo que he visto y pasado». «Todo irá bien —contestó Cándido—; el mar de ese nuevo mundo es mucho mejor que los mares de nuestra Europa; es más calmo, los vientos más constantes. Es cierto que el nuevo mundo es el mejor de los mundos posibles». «¡Dios así lo quiera! —decía Cunegunda—; pero he sido tan horriblemente desgraciada en el mío que mi corazón casi está cerrado a la esperanza». «Os quejáis —le dijo la vieja—; ¡pero, ay, no habéis pasado infortunios como los míos!». Cunegunda casi se echó a reír y encontró divertido que esa buena mujer pretendiese haber sido más desgraciada que ella. «¡Ay! —le dijo—, amiga mía, a menos que hayáis sido violada por dos búlgaros, que hayáis recibido dos puñaladas en el estómago, que os hayan destruido dos castillos, que hayan degollado ante vuestros ojos a dos madres y a dos padres; y que hayáis visto a dos de vuestros enamorados azotados en un auto de fe, no creo que me aventajéis; añadid a ello que nací baronesa, con setenta y dos cuarteles, y que he sido cocinera». «Señorita —le contestó la vieja—, ignoráis cuál es mi cuna; y si os enseñase el trasero, no hablaríais como lo hacéis, y no haríais juicios». Estas palabras despertaron una gran curiosidad en Cunegunda y en Cándido. La vieja les habló en estos términos.

Capítulo undécimo

Historia de la vieja

«No siempre he tenido los ojos estriados de rojo y ribeteados de escarlata; mi nariz no siempre ha tocado mi barbilla, no siempre he sido criada. Soy hija del Papa Urbano X[25] y de la princesa de Palestrina. Hasta los catorce años me educaron en un palacio al que todos los castillos de los barones alemanes no habrían podido servir ni de caballerizas; y uno de mis trajes valía más que todas las magnificencias de Westfalia. Yo crecía en belleza, en donaire, en talento, en medio de la diversión, el respeto y las esperanzas. Inspiraba ya el amor; mis pechos se formaban. ¡Ah!, qué pechos blancos, firmes, moldeados, como los de la Venus de Médicis. ¡Y qué ojos! ¡Qué párpados! ¡Qué cejas negras! ¡Qué llamas brillaban en mis dos pupilas, y eclipsaban el titilar de las estrellas!, como me decían los poetas del lugar. Las mujeres que me vestían y desvestían caían en éxtasis al mirarme por delante y por detrás, y todos los hombres hubieran querido estar en su lugar.

»Fui prometida a un príncipe soberano de Massa-Carrara. Pero ¡qué príncipe!, tan bello como yo, lleno de dulzura y de gracia, de ingenio brillante y apasionado en el amor. Yo le amaba como se ama por primera vez, con idolatría y arrebato. Se prepararon las bodas. Todo era de un lujo, de una magnificencia extraordinarios; todo eran fiestas, carruseles, óperas bufas continuas, y toda Italia compuso para mí sonetos de los que ni uno era pasable. Ya alcanzaba el momento de mi felicidad, cuando una vieja marquesa, que había sido amante de mi príncipe, le invitó a tomar chocolate con ella. En menos de dos horas murió en medio de convulsiones espantosas. Pero esto no es sino una bagatela. Mi madre, desesperada, y mucho menos afligida que yo, quiso ausentarse por un tiempo de tan funesta mansión. Tenía cerca de Gaeta una hacienda muy hermosa. Nos embarcamos en una galera del lugar, dorada como un altar de San Pedro de Roma. Pero he aquí que un corsario de Salé nos da caza y nos aborda. Nuestros soldados se defendieron como soldados papalinos: se hincaron todos de rodillas, tirando las armas y pidiendo al corsario la absolución *in articulo mortis*.

»Inmediatamente les quitaron las ropas, dejándoles desnudos como monos, así como a mi madre, a nuestras damas de honor y también a mí. Es de admirar la rapidez con la que esos hombres desnudan a la gente. Pero lo que más me sorprendió fue que nos metieran a todos el dedo en un sitio en el que nosotras las mujeres de ordinario no permitimos que nos introduzcan más que las cánulas. Este proceder me pareció extraño: es así como se juzga todo cuando no se ha salido del propio país. Pronto supe que era para comprobar si habíamos escondido ahí algún diamante: es una costumbre establecida desde tiempos inmemoriales entre las naciones civilizadas que gobiernan los mares. Me enteré de que los monjes caballeros de Malta no dejan nunca de hacerlo cuando apresan a turcos y turcas; es una ley del derecho de gentes que no ha sido derogada jamás.

»Para qué deciros hasta qué punto es duro para una princesa ser llevada cautiva a Marruecos con su madre. Podéis imaginaros lo que tuvimos que sufrir en la nave corsaria. Mi madre era aún muy hermosa; nuestras damas de honor, nuestras simples doncellas tenían más encanto que el que puede encontrarse en África entera. Yo era seductora, la belleza, la gracia mismas, y era virgen. No lo fui por mucho tiempo: esa flor reservada al apuesto príncipe de Massa-Carrara me fue robada por el capitán corsario, un negro horrendo, que además creía hacerme con ello un gran honor. En verdad la princesa de Palestrina y yo tuvimos que ser muy fuertes para resistir todo lo que tuvimos que pasar hasta llegar a Marruecos. Pero dejémoslo correr; son cosas tan comunes que no vale la pena ni detenerse en ellas.

»Marruecos, cuando llegamos, nadaba en sangre. Los cincuenta hijos del emperador Muley Ismail habían formado cada uno su partido, lo cual provocaba, en efecto, cincuenta guerras civiles de negros contra negros, de negros contra morenos, de morenos contra morenos, de mulatos contra mulatos. La carnicería era continua en toda la extensión del imperio.[26]

»Apenas hubimos desembarcado, los negros de una facción enemiga de la de mi corsario se presentaron para arrebatarle su botín. Después de los diamantes y del oro, nosotras éramos lo más preciado. Presencié un combate como no se ve jamás en vuestro clima europeo. Los pueblos del Norte no son de sangre lo bastante ardiente. No tienen un hambre de mujeres tan desarrollada como en África. Se diría que los europeos tenéis leche en las venas; pero es vitriolo, fuego lo que corre por las de los habitantes del monte Atlas y de los países vecinos. Se combatió con el furor de los leones, de los tigres y de las serpientes de aquellos lugares, para decidir quién se nos llevaría. Un moro cogió a mi madre por el brazo derecho, el teniente de mi capitán la retuvo por el brazo izquierdo; un soldado moro la agarró por una pierna, uno de los piratas por la otra. En un instante nuestras doncellas se vieron casi todas así tiradas por cuatro soldados. Mi capitán me escudaba. Empuñaba una cimitarra y mataba a todo el que se oponía a su furia. Finalmente, vi a todas nuestras italianas y a mi madre desgarradas, cortadas, destrozadas por los monstruos que se las disputaban. Mis compañeros cautivos, los que los habían apresado, soldados, marineros, negros, morenos, blancos, mulatos y, por último, mi capitán, todos fueron asesinados y yo quedé moribunda sobre un montón de muertos. Escenas semejantes ocurrían, como es sabido, en una extensión de más de trescientas leguas, sin que se dejasen de decir las cinco oraciones diarias que prescribe Mahoma.

»Me desembaracé con mucho esfuerzo de aquella multitud de cadáveres sangrientos amontonados, y arrastrándome llegué hasta el pie de un gran naranjo que había a orillas de un río cercano; caí desmayada de miedo, de cansancio, de horror, de desesperación y de hambre. Pronto mis sentidos extenuados se entregaron a un sueño que tenía más de desvanecimiento que de reposo. Estaba en ese estado de debilidad e insensibilidad, entre la vida y la muerte, cuando sentí que algo me oprimía y se agitaba sobre mi cuerpo. Abrí los ojos, vi a un hombre blanco y de buen aspecto que suspiraba y decía entre dientes: "*O che sciagura d'essere senza c...!*"».[27]

Capítulo decimosegundo

Donde siguen las desgracias de la vieja

«Asombrada y alborozada al oír la lengua de mi patria, y no menos sorprendida por las palabras que aquel hombre profería, le respondí que había desgracias mayores que aquellas de las que se lamentaba. Le conté en pocas palabras los horrores que había padecido, y caí desmayada. Me llevó hasta una casa próxima, me hizo meterme en la cama, mandó que me dieran de comer, me sirvió, me consoló, me halagó, me dijo que nunca había conocido una mujer más bella que yo y que jamás había sentido tanto la pérdida de lo que nadie podía devolverle. "Nací en Nápoles —me dijo—, allí castran todos los años a dos o tres mil niños; unos se mueren, otros tienen una voz más hermosa que la de las mujeres, otros van a gobernar estados. Me hicieron esa operación con gran éxito y fui músico de la capilla de la señora princesa de Palestrina". "¡De mi madre!", grité yo. "¡De vuestra madre!", exclamó él llorando. "Entonces, ¿vos debéis de ser la princesa que yo eduqué hasta la edad de seis años, y que ya prometía ser tan hermosa como sois?". "Soy la misma; mi madre está a cuatrocientos pasos de aquí, hecha pedazos, debajo de un montón de muertos...".

»Yo le conté todo cuanto me había sucedido; él me narró sus peripecias y supe así que había sido enviado al rey de Marruecos por una potencia cristiana para firmar con ese monarca un tratado por el que le proporcionarían pólvora, cañones y naves a fin de ayudarle a acabar con el comercio de los otros cristianos. "Mi misión ha sido cumplida —dijo el honrado eunuco—. Me embarcaré en Ceuta y os llevaré de vuelta a Italia. *Ma che sciagura d'essere senza c...!*".

»Se lo agradecí derramando lágrimas de ternura; y en vez de llevarme a Italia, lo hizo a Argel, y me vendió al dey de aquella provincia. Apenas me vendieron, esa peste que azota África, Asia, Europa, se declaró violentamente en Argel. Ya habéis visto los terremotos; pero, señorita, ¿habéis tenido alguna vez la peste?». «Nunca», contestó la baronesa. «Si la hubieseis tenido —siguió diciendo la vieja—, admitiríais que es mucho peor que un terremoto. Es bastante común en África. A mí me atacó. Figuraos qué situación para la hija de un Papa, a la edad de quince años, que en tres meses había conocido la pobreza y la esclavitud, había sido violada casi a diario, había visto hacer pedazos a su madre, padecido el hambre y la guerra y moría apestada en Argel. No morí, sin embargo. Pero mi eunuco y el dey, y casi todo el serrallo de Argel, sí murieron".

»Una vez pasados los primeros estragos de esa horrible peste, vendieron a los esclavos del dey. Un mercader me compró y me llevó a Túnez; éste me vendió a otro mercader, que me revendió en Trípoli, de Trípoli fui revendida a Alejandría, de Alejandría a Esmirna, de Esmirna a Constantinopla, donde, por último, me compró un agá de jenízaros, que no tardó en ser mandado a defender Azov de los rusos, que la tenían sitiada.

»El agá, que era un hombre muy galante, se llevó consigo a todo su serrallo, y nos dio hospedaje en un fortín situado a orillas de las Palus Meotides,[28] custodiado por dos eunucos negros y veinte soldados. Dimos muerte a un número asombroso de rusos, pero ellos nos la devolvieron. Azov fue sometida a sangre y fuego y no se perdonó la vida por razones de sexo ni de edad; quedó únicamente nuestro fortín y los enemigos quisieron hacernos claudicar por medio del hambre. Los veinte jenízaros habían jurado no rendirse. El hambre extrema a que se vieron reducidos les llevó a comerse a nuestros dos eunucos ante el temor de violar su juramento. Al cabo de unos días decidieron comerse a las mujeres.

»Había con nosotros un imán muy piadoso y compasivo, que dijo un hermoso sermón con el que les convenció de que no acabaran definitivamente con nosotras. "Cortad únicamente una nalga de cada una de esas señoras y tendréis buena comida; si necesitáis más, aún tendréis otro tanto dentro de unos pocos días; el cielo os agradecerá una acción tan caritativa y seréis socorridos".

»Era muy elocuente; les convenció. Llevaron a cabo esa horrible operación. El imán nos aplicó el mismo bálsamo que se aplica a los niños tras ser circuncidados. Todas nos sentimos morir.

»Apenas los jenízaros se hubieron terminado la comida que les habíamos procurado, llegaron los rusos en unas barcazas; no se salvó ni un jenízaro. Los rusos hicieron caso omiso del estado en que nos hallábamos. Pero en todas partes hay cirujanos franceses: uno de éstos, que era sumamente diestro, cuidó de nosotras; nos curó y yo me acordaré toda la vida de que, una vez que cicatrizaron mis heridas, me hizo proposiciones. Por lo demás, nos dijo a todas que nos consoláramos, asegurándonos que en muchos asedios habían sucedido cosas como aquélla, y que tal era la ley de la guerra.

»En cuanto mis compañeras estuvieron en condiciones de andar, las hicieron ir a Moscú. Yo toqué en suerte en el reparto a un boyardo que me hizo su hortelana, y que me daba veinte latigazos al día. Pero, al cabo de dos años, al ser este señor sometido al suplicio de la rueda, junto con una treintena de boyardos, a causa de alguna intriga palaciega, aproveché esta feliz circunstancia, hui, crucé toda Rusia; fui moza de servicio mucho tiempo en una posada de Riga, después en Rostock, en Wismar, en Leipzig, en Cassel, en Utrecht, en Leiden, en La Haya y en Rotterdam. Envejecí en la miseria y en el oprobio, sin tener más que medio trasero, recordando siempre que era hija de un Papa. Quise quitarme la vida cien veces, pero aún sentía apego por ella. Esta ridícula flaqueza es tal vez una de nuestras inclinaciones más funestas. Pues ¿cabe mayor necedad que empeñarse en cargar con un fardo del que siempre anhelamos desprendernos? ¿Sentir horror por un ser y aferrarse a él? En fin, ¿acariciar a la serpiente que nos devora hasta que nos haya comido el corazón? En los países adonde me ha llevado la suerte y en las posadas que he servido, vi un número asombroso de personas que execraban su existencia, pero únicamente he visto a doce que pusieran fin voluntariamente a su miseria: tres negros, cuatro ingleses, cuatro ginebrinos y un profesor alemán llamado Robeck. Acabé de criada en casa del judío don Isacar; él me puso cerca de vos, mi bella señorita; estoy unida a vuestro destino y me he ocupado más de vuestras aventuras que de las mías. Yo nunca os habría hablado de mis desventuras si vos no hubieseis insistido y si en un navío no fuese costumbre esto de contar historias para no aburrirse. En fin, señorita, tengo experiencia, conozco el mundo; si queréis divertiros, pedid a cada pasajero que os cuente su historia; si hay uno solo que no haya maldecido con frecuencia su vida, que no se haya dicho que era el más desdichado de los hombres, arrojadme la primera de cabeza al mar».

Capítulo decimotercero

De cómo obligaron a Cándido a separarse de la bella Cunegunda y de la vieja

La bella Cunegunda, tras oír la historia de la vieja, le hizo todas las cortesías debidas a una persona de su rango y mérito. Ella aceptó la sugerencia y pidió a todos los pasajeros que uno por uno le contasen sus aventuras. Cándido y ella convinieron en que la vieja tenía razón. «Es una lástima —decía Cándido— que el sabio Pangloss fuera ahorcado en contra de la costumbre en un auto de fe; nos hubiera dicho cosas admirables acerca del mal físico y del mal moral que cubren mares y tierras, y yo me sentiría con fuerza suficiente para atreverme a hacerle respetuosamente algunas objeciones».

A medida que cada uno contaba su historia, el navío avanzaba. Atracaron en Buenos Aires. Cunegunda, el capitán Cándido y la vieja fueron a ver al gobernador, don Fernando de Ibarra y Figueroa y Mascareñas y Lampourdos y Souza. Tenía este señor el orgullo propio de un hombre que llevaba tantos apellidos. Trataba al resto de los humanos con el más noble desdén, alzando la nariz tan alto, hablando con tan fuerte y destemplada voz, con tono tan autoritario, con actitud tan altiva que cuantos le saludaban sentían la tentación de darle una somanta de palos. Le gustaban las mujeres con locura. Cunegunda le pareció la más bella que había visto jamás. Lo primero que preguntó fue si era la mujer del capitán. El aire con que hizo esta pregunta alarmó a Cándido: éste no se atrevió a decirle que era su mujer, porque, en realidad, no lo era; no se atrevió a decirle que era su hermana, porque tampoco lo era, y por más que esta mentira oficiosa había estado muy en boga entre los antiguos y pudiera ser de utilidad a los modernos, su alma era demasiado pura para delatar la verdad. «La señorita Cunegunda —dijo— ha de hacerme el honor de casarse conmigo y suplico a Vuestra Excelencia que se digne casarnos».

Don Fernando de Ibarra y Figueroa y Mascareñas y Lampourdos y Souza, atusándose los bigotes, sonrió amargamente y ordenó al capitán Cándido que pasase revista a su compañía. Cándido obedeció y el gobernador se quedó con la señorita Cunegunda. Él le declaró su pasión, le aseguró que al día siguiente se casarían por la iglesia o de lo contrario disfrutaría de sus encantos como le placiera. Cunegunda pidió un cuarto de hora para pensárselo, consultar a la vieja y tomar una determinación.

La vieja dijo a Cunegunda: «Señorita, tenéis setenta y dos cuarteles, y ni un ochavo; de vos depende ser la esposa del más grande señor de América meridional, que tiene unos bigotes muy bonitos. ¿Acaso vais a poner toda vuestra honra en una fidelidad a toda prueba? Habéis sido violada por los búlgaros; un judío y un inquisidor han gozado de vuestros favores: la desgracia tiene sus derechos. Confieso que, de encontrarme yo en vuestro pellejo, no tendría ningún escrúpulo en casarme con el gobernador y asegurar la fortuna del capitán Cándido». Mientras la vieja hablaba con toda la prudencia que dan los años y la experiencia, vieron entrar un bajel en el puerto; en él venían un alcaide y unos alguaciles. He aquí lo que había ocurrido.

La vieja había intuido perfectamente que era un fraile franciscano de manga ancha quien había robado el dinero y las alhajas de Cunegunda en la ciudad de Badajoz, cuando aquélla huía precipitadamente con Cándido. Este fraile quiso vender algunas piedras preciosas a un joyero. Éste reconoció que eran las del Gran Inquisidor. El fraile, antes de ser ahorcado, confesó que las había robado y dio el nombre de las personas e indicó el camino que habían tomado. La huida de Cunegunda y Cándido era ya conocida. Los siguieron hasta Cádiz; se mandó, sin pérdida de tiempo, un barco para que les diera caza. Éste estaba ya en el puerto de Buenos Aires. Corrió la noticia de que un alcaide iba a desembarcar, y que se perseguía a los asesinos del señor Gran Inquisidor. La prudente vieja vio al instante lo que había que hacer. «No podéis huir —dijo a Cunegunda—, y nada tenéis que temer; no fuisteis vos quien mató al ilustrísimo señor; y, por otra parte, el gobernador os ama y no permitiría que os maltratasen: quedaos». Luego corre a donde está Cándido y le dice: «Huid, o antes de una hora moriréis en la hoguera». No había un minuto que perder; pero ¿cómo separarse de Cunegunda, y dónde refugiarse?

Capítulo decimocuarto

De cómo Cándido y Cacambo fueron recibidos por los jesuitas del Paraguay

Cándido se había llevado consigo de Cádiz un criado como se encuentran muchos en las costas de España y en las colonias. Era un cuarterón,[29] hijo de un mestizo nacido en Tucumán; había sido monaguillo, sacristán, marinero, fraile, agente comisionista, soldado y lacayo. Se llamaba Cacambo y quería mucho a su amo, porque éste era un hombre muy bueno. Ensilló rápidamente los dos caballos andaluces. «Vamos, amo mío, sigamos el consejo de la vieja. Partamos y corramos sin volver la vista atrás». Cándido lloró: «¡Oh, mi querida Cunegunda! Tener que abandonaros justo cuando el señor gobernador iba a celebrar nuestra boda. Cunegunda, traída de tan lejos, ¿qué será de vos?». «Hará lo que pueda —dijo Cacambo—. Las mujeres no se desalientan jamás; Dios proveerá; corramos». «¿Adónde me llevas? ¿Adónde vamos? ¿Y qué haremos sin Cunegunda?», preguntaba Cándido. «¡Por Santiago de Compostela! —exclamó Cacambo—, ibais a hacer la guerra a los jesuitas y ahora la haremos a favor de ellos; conozco bastantes caminos y os llevaré a su reino, estarán encantados de tener un capitán que hace la maniobra a la búlgara; amasaréis una fortuna asombrosa; cuando no hay satisfacción en un mundo se la encuentra en otro. Es un gran placer ver y hacer cosas nuevas».

«Entonces, ¿tú ya has estado en el Paraguay?», preguntó Cándido. «La verdad es que sí —dijo Cacambo—; fui fámulo en el colegio de La Asunción y conozco el gobierno de los Padres igual que las calles de Cádiz. Es admirable ese gobierno. El reino tiene más de trescientas leguas de diámetro y está dividido en treinta provincias. Los Padres son dueños de todo y el pueblo de nada; es la obra maestra de la razón y de la justicia. Para mí no hay nada más divino que los Padres, que aquí hacen la guerra al rey de España y al rey de Portugal, y en Europa son sus confesores; aquí matan a los españoles y en Madrid los mandan al cielo: es fascinante; pero sigamos adelante; vais a ser el más feliz de los hombres. ¡Qué alegría se llevarán los Padres cuando sepan que viene un oficial que sabe hacer la maniobra a la búlgara!». En cuanto llegaron a la primera barrera, Cacambo dijo a la guardia avanzada que un capitán deseaba hablar con el señor comandante. Fueron a avisar a la gran guardia. Un oficial paraguayo corrió hasta los pies del comandante para comunicarle la nueva. Cándido y Cacambo fueron primero desarmados, luego les quitaron sus dos caballos andaluces. Los dos extranjeros son introducidos por entre dos filas de soldados; el comandante esperaba en un extremo, tocado con el sombrero de tres picos, la sotana arremangada y ceñida la espada, pica en mano. Hace un gesto y al punto veinticuatro soldados rodean a los recién llegados. Un sargento les dice que tienen que esperar, porque el comandante no puede hablar con ellos, que el reverendo padre provincial no permite que ningún español abra la boca si no es en su presencia, ni que permanezca más de tres horas en el país. «Pero —dijo Cacambo— ¿dónde está el reverendo padre provincial?». «En la parada militar, después de haber dicho misa —respondió el sargento—, y no podréis besar sus espuelas hasta dentro de tres horas». «Pero —dijo Cacambo— el señor capitán, que está muerto de hambre como yo, no es español, sino alemán; ¿no podríamos almorzar mientras esperamos a Su Reverencia?».

El sargento fue en el acto a dar cuenta de estas palabras al comandante: «¡Loado sea Dios! —dijo este señor—. Si es alemán, puedo hablar con él. Que le traigan a mi cenador». Inmediatamente condujeron a Cándido a una glorieta, ornada de columnas de mármol verde y oro y de jaulas de hierro con loros, colibríes, pájaros mosca, pintadas y todas la aves más exóticas. Un excelente almuerzo esperaba preparado en bandejas de oro, y mientras los paraguayos comían maíz en escudillas de madera, en pleno campo, bajo el sol abrasador, el reverendo padre comandante entró en el cenador.

Era un mozo muy galán, carilleno, bastante blanco, de buen color, cejas altas, ojos vivos, orejas rojas, labios encarnados, aire altivo, pero de una altivez que no era la de un español ni la de un jesuita. Devolvieron a Cándido y a Cacambo las armas que les habían quitado, así como los dos caballos andaluces. Cacambo los puso a comer avena cerca del cenador sin perderlos de vista por temor a cualquier sorpresa.

Cándido empezó por besar el bajo de la sotana del comandante, y acto seguido se sentaron a la mesa. «¿Así que sois alemán?», le preguntó el jesuita en esa lengua. «Sí, mi reverendo padre», dijo Cándido. Uno y otro, al pronunciar estas palabras, se miraban con enorme sorpresa y una emoción incontenible. «¿Y de qué región de Alemania sois?», preguntó el jesuita. «De la condenada provincia de Westfalia —dijo Cándido—. Nací en el castillo de Thunder-ten-tronckh». «¡Oh cielos! ¡No es posible!», exclamó el comandante. «Pero ¡qué milagro!», exclamó Cándido. «¿Sois vos?», preguntó el comandante. «No es posible», dijo Cándido. Y los dos se abalanzan, se abrazan, derramando ríos de lágrimas. «Entonces, ¿sois vos, mi reverendo padre? ¡Vos, el hermano de la bella Cunegunda! ¡Vos el que fuisteis muerto por los búlgaros! ¡Vos, el hijo del señor barón! ¡Vos, jesuita en el Paraguay! Hay que admitir que este mundo es una cosa bien extraña. ¡Oh, Pangloss! ¡Pangloss! ¡Qué bien os sentiríais si no os hubiesen ahorcado!».

El comandante mandó retirarse a los esclavos negros y a los paraguayos que servían de beber en vasos de cristal de roca. Dio gracias a Dios y a san Ignacio mil veces; estrechaba entre sus brazos a Cándido; sus rostros estaban bañados en lágrimas. «Más asombrado estaríais —dijo Cándido—, más enternecido, más fuera de vos, si os dijese que la señorita Cunegunda, vuestra hermana, a la que creíais destripada, goza de buena salud». «¿Dónde está?». «No lejos de aquí, en casa del gobernador de Buenos Aires; y yo que venía para haceros la guerra...». Cada palabra que pronunciaban en esta larga conversación acumulaba prodigio tras prodigio. Tenían toda su alma pendiente de sus labios, atenta a sus oídos y les brillaba en los ojos. Como eran alemanes, permanecieron largo rato en la mesa esperando al reverendo padre provincial; y el comandante le habló así a su querido Cándido.

so el barón—. ¡Tendríais el impudor de casaros con mi hermana, cuyo escudo tiene setenta y dos cuarteles! ¡Me parecéis demasiado atrevido al hablarme de un propósito tan temerario!». Cándido, petrificado ante tales palabras, le respondió: «Mi reverendo padre, todos los cuarteles del mundo no son nada. Yo arranqué a vuestra hermana de los brazos de un judío y de un inquisidor; ella tiene contraída conmigo una deuda de gratitud y quiere casarse. El maestro Pangloss me dijo siempre que los hombres son iguales y por supuesto me casaré con ella». «¡Eso ya lo veremos, bellaco!», exclamó el jesuita barón de Thunder-ten-tronckh, y al mismo tiempo le dio en el rostro un golpe de plano con su espada. Cándido desenvaina al instante la suya y la hunde hasta la empuñadura en el vientre del barón jesuita; pero, al retirarla toda humeante, rompió a llorar. «¡Ay, Dios mío! —dijo—, he dado muerte a mi antiguo maestro, mi amigo, mi cuñado. Soy el mejor hombre del mundo y ya he matado a tres hombres, y dos de ellos sacerdotes».

Cacambo, que hacía de centinela en la entrada del cenador, echó a correr. «No nos queda más que vender cara nuestra piel —le dijo su amo—: van a entrar sin duda en el cenador y hay que morir empuñando las armas». Cacambo, que ya se había visto en otras muchas circunstancias como aquélla, no perdió la cabeza; cogió el hábito de jesuita que llevaba el barón, revistió con él a Cándido, le caló el bonete del muerto y le hizo montar a caballo. Todo esto sucedió en un abrir y cerrar de ojos. «Galopemos, mi amo. Todo el mundo os tomará por un jesuita que va a dar órdenes, y así podremos pasar las fronteras antes de que se pongan a correr detrás de nosotros». Y ya volaba al pronunciar estas palabras, gritando en español: «¡Paso, paso al reverendo padre coronel!».

Capítulo decimosexto

Lo que les sucedió a los dos viajeros con dos muchachas, dos monos y los salvajes llamados orejones

Cándido y su criado pasaron las barreras antes de que nadie en el campamento se hubiese enterado de la muerte del jesuita alemán. El prudente Cacambo había tenido la precaución de llenar su maleta de pan, chocolate, jamón, fruta y algo de vino. Con sus caballos andaluces entraron en un país desconocido, donde no descubrieron camino alguno. Por fin, una hermosa pradera, surcada de arroyos, se ofreció a su vista. Nuestros dos viajeros dejan pastando a sus caballos. Cacambo propone a su amo que coman y le da ejemplo. «¿Cómo quieres —le decía Cándido— que coma jamón cuando he dado muerte al hijo del señor barón y me veo condenado a no volver a ver en mi vida a la señorita Cunegunda? ¿De qué me serviría prolongar mis tristes días, si tengo que pasarlos lejos de ella en medio de los remordimientos y de la desesperación? ¿Y qué dirá el *Journal de Trevoux*?».[31]

Y mientras decía esto, no por ello dejaba de comer. El sol se ponía. Los dos extraviados oyeron unos chillidos que parecían ser de mujeres. No sabían si los gritos eran de dolor o de alegría, pero se levantaron precipitadamente con la inquietud y la alarma que despierta todo en un país desconocido. Estos clamores provenían de dos muchachas que corrían en cueros por la linde del prado, mientras dos monos les daban mordiscos en las nalgas. Cándido se apiadó de ellas; había aprendido a disparar con los búlgaros y era capaz de darle a una nuez en un matorral sin tocar las hojas. Coge su fusil español de dos cañones, hace fuego y mata a los dos monos. «¡Loado sea Dios, mi buen Cacambo! He librado a esas dos pobres criaturas de un gran peligro; y si cometí pecado matando a un inquisidor y a un jesuita, bien que lo he reparado salvando la vida de dos muchachas. Puede que sean dos señoritas de alta alcurnia, y que esta aventura me depare grandes ventajas en este país».

Iba a continuar, pero su lengua quedó paralizada al ver a las dos muchachas abrazar cariñosamente a los dos monos, deshacerse en lágrimas y llenar el aire de gritos de dolor. «No esperaba tanta bondad de alma», dijo finalmente a Cacambo, quien le replicó: «Habéis logrado, mi amo, una bella obra maestra. Habéis dado muerte a los dos amantes de esas señoritas». «¡Amantes! ¿Cómo es posible? Os burláis de mí, Cacambo; no puedo creerlo». «Mi querido maestro —prosiguió Cacambo—, os asombráis siempre de todo. ¿Por qué os parece tan extraño que en algunos países los monos obtengan los favores de las damas? Son cuarterones de hombres, igual que yo soy cuarterón de español». «¡Ay! —siguió diciendo Cándido—, recuerdo haber oído decir al maestro Pangloss que ya otras veces han ocurrido accidentes parecidos, y que esas mezclas produjeron los egipanes, los faunos, los sátiros, y que varios grandes personajes de la Antigüedad vieron a algunos de ellos; pero yo creía que todo eso no eran más que fábulas». «Ahora debéis de estar ya convencido —dijo Cacambo— de que es cierto y ya veis para qué los usan las personas que no han recibido cierta educación; lo que me temo es que esas damas nos jueguen alguna mala pasada».

Estas sólidas reflexiones indujeron a Cándido a dejar la pradera y a adentrarse en una selva. Comió con Cacambo; y los dos, luego de haber maldecido al inquisidor de Portugal, al gobernador de Buenos Aires y al barón, se durmieron sobre el musgo. Al despertar notaron que no podían moverse; la razón no era otra que, por la noche, los orejones, que poblaban la región y a quienes las dos damas los habían denunciado, los habían atado con unas cuerdas hechas con corteza de árbol. Estaban rodeados por una cincuentena de orejones totalmente en cueros, armados de flechas, de mazas y de hachas de piedra; unos hacían hervir una gran caldera, otros preparaban los asadores y todos gritaban: «¡Es un jesuita, es un jesuita! ¡Nos vengaremos, nos daremos un festín; comamos jesuita, comamos jesuita!».

«Ya os dije, mi buen maestro —exclamaba tristemente Cacambo—, que esas dos muchachas nos iban a jugar una mala pasada». Cándido, reparando en el caldero y los asadores, exclamó: «Seguramente vamos a ser asados o hervidos. ¡Ah!, ¿qué diría el maestro Pangloss si viera cómo es la naturaleza en estado salvaje? Todo está bien: sea, pero confieso que es algo muy cruel haber perdido a la señorita Cunegunda y ser ensartado en un asador por los orejones». Cacambo no perdía la cabeza jamás. «No desesperéis por tan poca cosa —dijo al desconsolado Cándido—; entiendo un poco la jerigonza de estos pueblos, y les hablaré». «No dejéis —dijo Cándido— de decirles qué cosa tan inhumana y horrible es cocer a los hombres y lo poco cristiano que es hacerlo».

«Señores —dijo Cacambo—, así que hoy contáis con comeros a un jesuita: muy bien; nada más justo que tratar así a los enemigos. Pues, en efecto, el derecho natural nos enseña a matar a nuestro prójimo, y así se acostumbra a hacer aún en toda la tierra. Si no hacemos uso del derecho de comerlos es porque tenemos donde encontrar buena comida en otra parte; pero vosotros no contáis con los mismos recursos que nosotros; así que es mejor comerse a los enemigos que dejar a los cuervos y a las cornejas ese fruto de la victoria. Pero, señores, ¿no querréis comeros a vuestros amigos? Creéis poner en el asador a un jesuita, cuando es a vuestro defensor, al enemigo de vuestros enemigos, al que vais a asar. Por lo que a mí se refiere, nací en vuestro país; este caballero que veis es mi amo y, lejos de ser jesuita, acaba de dar muerte a uno de ellos y lleva sus ropas: ésta es la razón de vuestro error. Podéis comprobar lo que os digo: tomad su hábito, llevadlo a la primera barrera del reino de los Padres; informaos de si mi amo no ha dado muerte a un oficial jesuita. Os llevará poco tiempo hacerlo; siempre podréis comernos si comprobáis que os he mentido. Pero si os he dicho la verdad, bien que conocéis ya los principios del derecho público, las costumbres y las leyes, para no concedernos el perdón».

Los orejones encontraron muy razonable estas palabras; comisionaron a dos notables para ir con la mayor presteza a informarse de la verdad; los dos delegados cumplieron su cometido como personas inteligentes que eran, y no tardaron en estar de vuelta con buenas noticias. Los orejones desataron a los dos prisioneros, les presentaron toda clase de disculpas, les ofrecieron doncellas, les dieron refrescos y les condujeron hasta los confines de sus estados, gritando alegremente: «¡No es jesuita!, ¡no es jesuita!».

Cándido no se cansaba de admirar el motivo de su liberación. «¡Qué pueblo! —decía—, ¡qué hombres!, ¡qué costumbres! Si no hubiese tenido la suerte de atravesar de una estocada el cuerpo del hermano de la señorita Cunegunda, me habrían comido sin remisión. Pero, en definitiva, la naturaleza en estado salvaje es buena, puesto que estas gentes, en vez de comérseme, me han dispensado toda clase de honores al saber que no era jesuita».

Capítulo decimoséptimo

Llegada de Cándido y su criado al país de El Dorado y lo que allí vieron

Cuando llegaron a la frontera de los orejones Cacambo dijo a Cándido: «Ya veis que este hemisferio no es mejor que el otro; hacedme caso, volvamos a Europa por el camino más corto posible». «¿Cómo se vuelve? —preguntó Cándido—. ¿Y adónde iremos? Si voy a mi país, allí los búlgaros y los avaros degüellan a todos; si vuelvo a Portugal, acabaré en la hoguera; si nos quedamos en éste, corremos el riesgo de acabar en cualquier momento en el asador. Pero ¿cómo decidirse a dejar la parte del mundo donde vive la señorita Cunegunda?».

«Vayamos a Cayena[32] —dijo Cacambo—: allí encontraremos franceses, que andan por todas partes del mundo y podrán prestarnos ayuda. Quizá Dios se apiade de nosotros».

No era fácil ir a Cayena: sabían más o menos la dirección que había que tomar; pero las montañas, los ríos, los precipicios, los bandidos, los salvajes, eran por doquier obstáculos terribles. Sus caballos murieron de fatiga; se les acabaron todas las provisiones; durante un mes entero se alimentaron de frutos silvestres y, finalmente, se encontraron cerca de un riachuelo, bordeado de cocoteros, que sostuvieron sus vidas y sus esperanzas.

Cacambo, que daba siempre tan buenos consejos como la vieja, dijo a Cándido: «No podemos más, ya hemos andado bastante. Veo una canoa vacía en la orilla; llenémosla de cocos, subamos a la barquichuela y dejémonos llevar por la corriente; un río siempre va a dar a algún lugar habitado. Si no encontramos nada que sea de nuestro agrado, al menos encontraremos cosas nuevas». «Vamos —dijo Cándido—. Encomendémonos a la Providencia».

Durante algunas leguas bogaron entre orillas ya floridas, ya áridas, unas veces llanas, otras escarpadas. El río se ensanchaba cada vez más y por último se perdía bajo una bóveda de espantables peñas que se alzaban hasta el cielo. Los dos viajeros tuvieron el valor de abandonarse a las ondas bajo esta bóveda. El río, que se estrechaba en aquel lugar, los arrastró con rapidez y ruido horribles. Al cabo de veinticuatro horas, volvieron a ver la luz; pero la canoa se estrelló contra los escollos y tuvieron que avanzar, saltando de peñasco en peñasco, a lo largo de toda una legua, hasta que por fin descubrieron un horizonte inmenso bordeado de montañas inaccesibles. La tierra era cultivada tanto para recreo de la vista como por necesidad; por doquier lo útil resultaba agradable. Los caminos estaban repletos o, mejor dicho, adornados de carruajes de forma elegante y material reluciente, que llevaban hombres y mujeres de singular belleza, tirados velozmente por unos grandes carneros bermejos que aventajaban, en rapidez, a los más bellos caballos de Andalucía, de Tetuán o de Mequinez.

«He aquí unas tierras que, pese a todo —dijo Cándido—, son mejores que Westfalia». Y echó pie a tierra con Cacambo en el primer pueblo que encontró. Unos niños, cubiertos con brocados de oro desgarrados, estaban jugando al tejo a la entrada del pueblo; nuestros dos hombres de otro mundo se entretuvieron observándoles: los tejos eran bastante anchos y redondos, amarillos, rojos y verdes y despedían un brillo singular. Los viajeros sintieron ganas de recoger alguno; eran oro, esmeraldas, rubíes, y el más pequeño de los cuales hubiera podido servir del mayor ornato en el trono del Gran Mogol. «Estos niños —dijo Cacambo— son, sin duda, los hijos del rey de este país, que juegan al tejo». En ese momento apareció el maestro del pueblo para hacerles volver a la escuela. «Y ése es —dijo Cándido— el preceptor de la familia real».

Los pequeños desharrapados interrumpieron enseguida el juego, dejando en tierra los tejos y todo cuanto les había servido para su diversión en el suelo. Cándido los recoge, corre hacia el preceptor y se los entrega humildemente, dándole a entender que Sus Altezas Reales habían olvidado su oro y sus piedras preciosas. El maestro del pueblo, sonriendo, los tiró al suelo, miró un momento muy sorprendido al rostro a Cándido, y prosiguió su camino.

Los viajeros no dejaron de recoger el oro, los rubíes y las esmeraldas. «¿Dónde estamos? —exclamó Cándido—. Los hijos de los reyes de este país deben de haber recibido una buena educación, pues desprecian el oro y las piedras preciosas». Cacambo estaba no menos sorprendido que Cándido. Finalmente se acercaron a la primera casa del pueblo; estaba construida como un palacio de Europa. Un gran gentío se agolpaba a la puerta y más aún en la vivienda. Se oía una música agradabilísima y se sentía un delicioso olor a cocina. Tras acercarse a la puerta, Cacambo oyó que hablaban peruano, que era su lengua materna, porque todo el mundo sabe que Cacambo había nacido en Tucumán, en una aldea donde únicamente sabían esa lengua. «Yo serviré de intérprete —le dijo a Cándido—. Entremos, es un mesón».

Inmediatamente dos mozos y dos mozas de la hospedería, ataviados con paño de oro y el pelo recogido con unas cintas, los invitaron a sentarse a la mesa redonda. Sirvieron cuatro sopas, cada una de ellas guarnecida con dos papagayos, un cóndor hervido que pesaba unas doscientas libras, dos monos asados de un sabor excelente, trescientos colibríes en un plato y seiscientos pájaros mosca en otro; unas salsas exquisitas, dulces deliciosos, todo ello en fuentes de una especie de cristal de roca. Los mozos y las mozas de la hospedería sirvieron licores variados hechos con caña de azúcar.

La mayoría de los comensales eran mercaderes y postillones, todos de una extrema cortesía, quienes hicieron algunas preguntas a Cacambo con la más circunspecta discreción y respondieron a plena satisfacción a las suyas.

Terminada la comida, Cacambo creyó, así como también Cándido, que debía pagar el gasto tirando sobre la mesa redonda dos de las monedas de oro que había recogido. El patrón y la mujer se rieron un buen rato a carcajadas. Finalmente se repusieron: «Caballeros —dijo el patrón—, bien se ve que sois extranjeros; nosotros no estamos acostumbrados a verlos. Disculpad que nos hayamos reído al ver que queríais pagarnos con las piedras de nuestros caminos reales. Sin duda no tenéis moneda del país, pero para comer aquí no hace falta tenerla. Todas las hospederías construidas para comodidad del comercio son sufragadas por el gobierno. Aquí no habéis comido del todo bien porque ésta es una aldea pobre; pero en todas partes os recibirán como merecéis serlo». Cacambo explicaba a Cándido todo cuanto decía el posadero y Cándido lo escuchaba con la admiración y la misma perplejidad de su amigo Cacambo al traducírselo: «Entonces, ¿qué país es éste —se decían uno y otro—, desconocido en todo el resto de la tierra, donde toda la naturaleza es de una especie tan distinta de la nuestra? Es probablemente el país donde todo va bien; porque sin duda ha de haber países así. Y pese a lo que me dijera el maestro Pangloss, muchas veces me daba cuenta de que todo iba bastante mal en Westfalia».

Capítulo decimoctavo

Lo que vieron en el país de El Dorado

Cacambo expresó al hostelero toda la curiosidad que sentía. Éste le dijo: «Soy muy ignorante, y no lo lamento; pero tenemos aquí a un anciano retirado de la corte, que es el hombre más sabio de todo el reino y el más comunicativo». Inmediatamente lleva a Cacambo a ver al anciano. Cándido no desempeñaba más que un papel secundario y acompañaba a su criado. Entraron en una casa de lo más sencilla, pues únicamente la puerta era de plata y, en su interior, sólo los artesonados eran de oro, pero labrados con tanto primor que no desmerecían de los más ricos artesonados. En realidad, sólo la antesala tenía incrustaciones de rubíes y de esmeraldas; pero el orden con que todo estaba dispuesto compensaba perfectamente aquella extrema sencillez.

El viejo recibió a los dos extranjeros en un sofá relleno de plumas de colibrí, y les ofreció licores, presentados en vasos de diamante; luego satisfizo su curiosidad diciendo:

«Tengo ciento setenta y dos años y mi difunto padre, caballerizo del rey, me contó las asombrosas revoluciones del Perú, de las que fue testigo. El reino en el que nos hallamos es la antigua patria de los incas, que abandonaron muy imprudentemente para ir a dominar una parte del mundo, siendo finalmente destruidos por los españoles.

»Los príncipes de su familia que se quedaron en su país natal fueron más prudentes; ordenaron, con el acuerdo de la nación, que ningún habitante saliera jamás de nuestro pequeño reino; y esto es lo que ha mantenido intactas nuestra inocencia y nuestra felicidad. Los españoles se han hecho una idea equivocada de este país, llamándolo El Dorado,[33] y un inglés, conocido como el caballero Raleigh,[34] también se acercó por aquí hará unos cien años; pero, como estamos rodeados de breñas inabordables y de precipicios, siempre hemos estado al abrigo de la rapacidad de las naciones de Europa, que codician con un ansia inconcebible nuestras piedras y el barro de nuestra tierra, y que nos matarían a todos, del primero al último, por poseerlos».

La conversación fue larga: giró sobre la forma de gobierno, las costumbres, las mujeres, los espectáculos públicos y las artes. Por último Cándido, a quien siempre había gustado la metafísica, hizo preguntar a Cacambo si en ese país había una religión.

El anciano se sonrojó un poco. «Pero ¿cómo podéis dudar de ello? —dijo—. ¿Tan ingratos nos creéis?». Cacambo preguntó humildemente cuál era la religión de El Dorado. El anciano volvió a enrojecer. «¿Acaso puede haber dos religiones? —preguntó—. Nosotros, creo yo, tenemos la religión de todo el mundo: adoramos a Dios día y noche». «¿No adoráis más que a un solo Dios?», inquirió Cacambo, que servía siempre de intérprete a las dudas de Cándido. «Aparentemente —dijo el anciano— no hay ni dos, ni tres, ni cuatro. Os confieso que las gentes de vuestro mundo hacen preguntas muy singulares». Cándido no se cansaba de hacer preguntas al bueno del anciano, pues quería saber cómo se rezaba a Dios en El Dorado. «Nosotros nunca le rezamos —dijo el buen y respetable sabio—; no tenemos nada que pedirle; nos ha dado todo cuanto necesitamos; le tributamos acciones de gracias sin cesar». Cándido sintió curiosidad por ver a los sacerdotes y preguntó dónde estaban. El buen anciano sonrió. «Amigos míos —les dijo—, todos somos sacerdotes; el rey y todos los jefes de familia entonan solemnes cánticos de acción de gracias todas las mañanas y les acompañan cinco o seis mil músicos». «¡Ah!, entonces, ¿no tenéis frailes que enseñen, que disputen, que gobiernen, que intriguen y hagan quemar a la gente que no piensa como ellos?». «Locos habríamos de estar —respondió el anciano—; aquí todos pensamos igual y no comprendemos qué queréis decir con eso de frailes». Cándido, ante estas palabras, estaba extasiado y se decía: «Muy distinto es esto de Westfalia y del castillo del señor barón: si nuestro amigo Pangloss hubiera visto El Dorado, no habría dicho que el castillo de Thunder-ten-tronckh era lo mejor de la tierra; es una gran verdad que hay que viajar».

Tras esta larga conversación, el bueno del anciano hizo enganchar seis carneros a una carroza y ofreció doce de sus criados a los dos viajeros para que los llevaran a la corte. «Disculpad —les dijo—, si mi edad me priva del honor de acompañaros. El rey os recibirá de modo que no quedaréis descontentos y excusaréis, sin duda, las costumbres del país si alguna os desagrada».

Cándido y Cacambo montan en la carroza; los seis carneros volaban, y en menos de cuatro horas llegaron al palacio del rey, situado en un extremo de la capital. La puerta tenía doscientos veinte pies de altura y cien de anchura; sería imposible decir de qué materia estaba hecha. Bien se echa de ver la asombrosa superioridad que tenía sobre esas piedras y esa arena que nosotros llamamos *oro y pedrería*.

Veinte hermosas doncellas de la guardia de honor recibieron a Cándido y a Cacambo cuando éstos se apearon de la carroza; los condujeron a los baños, los vistieron con trajes de una tela de pluma de colibrí; tras lo cual los grandes dignatarios y dignatarias de la Corona los llevaron al palacio de Su Majestad entre dos filas, de mil músicos cada una, como era la costumbre. Cuando estaban ya cerca del salón del trono, Cacambo preguntó a un alto oficial cómo debía saludar a Su Majestad, si había que postrarse de hinojos o vientre a tierra; si se ponían las manos sobre la cabeza o sobre el trasero; si se lamía el polvo de la sala; en una palabra, cuál era el ceremonial. «La costumbre —dijo el alto oficial— es abrazar al rey y besarle en ambas mejillas». Cándido y Cacambo echaron los brazos al cuello de Su Majestad, la cual les recibió con toda la cortesía imaginable y les rogó gentilmente que cenaran con él.

Mientras tanto, les enseñaron la ciudad, los edificios públicos, que se alzaban hasta las nubes, los mercados ornados con miles de columnas, los manantiales de agua pura, las fuentes de agua de rosa, las de licor de caña de azúcar, que manaban ininterrumpidamente en las grandes plazas, pavimentadas con ciertas piedras que difundían un olor parecido al del clavo y a la canela. Cándido pidió ver el Palacio de Justicia, el Parlamento, y le dijeron que no los había, porque nadie pleiteaba jamás. Quiso saber si había prisiones, y le respondieron que no. Pero lo que más le sorprendió y le produjo mayor placer fue el Palacio de las Ciencias, en el que vio una galería de unos dos mil pasos llena de instrumentos de física y de matemáticas.

Tras haber recorrido cerca de la milésima parte de la ciudad, antes de cenar los llevaron a presencia del rey. Cándido se sentó a la mesa, entre Su Majestad, su criado Cacambo y algunas damas. Nunca habían comido mejor y nunca, en cena alguna, se derrochó más ingenio que el demostrado por Su Majestad en dicha ocasión. Cacambo explicó a Cándido las ocurrencias del rey, las cuales, aun traducidas, conservaban su gracia. Y de todo cuanto asombraba a Cándido, no fue esto lo que le dejó menos pasmado.

Pasaron un mes en esta hospedería. Cándido no dejaba de decirle a Cacambo: «Es verdad, amigo mío, que el castillo en el que nací, lo repito, no vale lo que el país en el que estamos; pero lo cierto es que no está aquí la señorita Cunegunda y vos tendréis alguna enamorada en Europa. Si nos quedamos, seremos uno de tantos, pero si volvemos a nuestro mundo con doce carneros cargados con piedras de El Dorado, seremos más ricos que todos los reyes juntos, no tendremos que temer a ningún inquisidor y podremos recuperar fácilmente a la señorita Cunegunda».

Estas palabras fueron del agrado de Cacambo: tanto gusta correr mundo, darse importancia entre los suyos, alardear de lo que se ha visto en los viajes, que los dos afortunados decidieron dejar de serlo y despedirse de Su Majestad.

«Cometéis una tontería —les dijo el rey—. Ya sé que mi país es poca cosa; pero cuando se está pasablemente en un lugar hay que quedarse en él; por supuesto, no tengo derecho a retener a los extranjeros, ésta es una tiranía que no está en nuestras costumbres, ni en nuestras leyes: todos los hombres son libres; marchaos cuando queráis, pero la salida no es fácil. Es imposible remontar la rápida corriente del río por el que milagrosamente habéis llegado y que discurre bajo unas bóvedas rocosas. Las montañas que rodean mi reino tienen diez mil pies de altura y son rectas como murallas, ocupando cada una, en anchura, un espacio de más de diez leguas; sólo es posible descender por los precipicios. Sin embargo, como sin duda queréis iros, daré orden a los encargados de las máquinas para que construyan una que pueda trasladaros cómodamente. Cuando lleguéis allende las montañas, ya nadie podrá acompañaros, porque mis súbditos han hecho voto de no salir de su recinto y son demasiado juiciosos para quebrantarlo. Podéis pedirme lo que queráis». «Únicamente pedimos a Vuestra Majestad —dijo Cacambo— algunos carneros cargados de víveres, de guijarros y de fango del país». El rey rio. «No comprendo —dijo— por qué gusta a las gentes de Europa nuestro barro amarillo; pero llevaos cuanto queráis y que buen provecho os haga».

Dio orden en el acto a sus ingenieros de que construyeran una máquina para izar a esos dos hombres extraordinarios hasta ponerlos fuera de su reino. Tres mil buenos físicos trabajaron en ella y al cabo de quince días estaba terminada, y no costó más de veinte millones de libras esterlinas, moneda del país.[35] Pusieron en la máquina a Cándido y a Cacambo; también dos grandes carneros bermejos con riendas y sillas para que les sirvieran de montura una vez que hubieran cruzado las montañas, veinte carneros albardados cargados de víveres, treinta que llevaban los presentes de cuanto más curioso había en el país, cincuenta cargados de oro, de piedras preciosas y de diamantes. El rey abrazó afectuosamente a los dos trotamundos.

Su partida, así como la manera ingeniosa en que fueron izados, ellos y las ovejas, a lo alto de las montañas, fue un hermoso espectáculo. Los físicos se despidieron después de haberlos dejado en un lugar seguro, y Cándido no tuvo otro deseo ni objetivo que el presentar sus carneros a la señorita Cunegunda. «Ya tenemos —dijo— con qué pagar al gobernador de Buenos Aires, si hay que poner precio a la señorita Cunegunda. Vayamos en dirección a Cayena, embarquémonos, y luego veremos qué reino podemos comprar».

Capítulo decimonoveno

Lo que les aconteció en Surinam y de cómo Cándido conoció a Martín

La primera jornada de nuestros dos viajeros fue bastante agradable. Los animaba la idea de verse en posesión de más tesoros de los que podían reunir, juntas, Asia, Europa y África. Cándido, entusiasmado, escribía el nombre de Cunegunda en los troncos de los árboles. Al segundo día, dos de sus carneros se hundieron en unas ciénagas y fueron tragados con sus cargas; otros dos carneros, algunos días después, murieron de fatiga; siete u ocho perecieron de hambre en un desierto; otros, al cabo de pocos días, se despeñaron por los precipicios. Por último, al cabo de cien días de camino, sólo les quedaban dos carneros. Cándido dijo a Cacambo: «Amigo mío, como podéis ver las riquezas del mundo son perecederas; sólo es sólida la virtud y el placer de volver a encontrar a la señorita Cunegunda». «Lo admito —dijo Cacambo—, pero todavía nos quedan dos carneros con más tesoros de los que tendrá jamás el rey de España, y ya diviso a lo lejos una ciudad que sospecho es Surinam, que pertenece a los holandeses. Estamos al final de nuestras fatigas y al comienzo de nuestra felicidad».

Al acercarse a la ciudad, encontraron a un negro que estaba echado en tierra, medio vestido, es decir, con sólo un calzón de tela azul, y al que le faltaba la pierna izquierda y la mano derecha. «¡Ay, Dios mío! —le dijo Cándido en holandés—. ¿Qué haces aquí, amigo mío, en este horrible estado en que te veo?». «Espero a mi amo, el señor Vanderdendur, famoso mercader», respondió el negro. «¿Y ha sido el señor Vanderdendur —preguntó Cándido— quien te ha tratado así?». «Sí, señor —dijo el negro—, pues tal es la costumbre. Nos dan un calzón de tela por todo atuendo dos veces al año. Cuando trabajamos en las azucareras y la muela nos arranca un dedo, nos cortan la mano; cuando queremos escaparnos, nos cortan una pierna; me he visto en ambos casos. A este precio tomáis azúcar en Europa. Sin embargo, cuando mi madre me vendió por diez escudos patagones en las costas de Guinea me decía: "Mi querido niño, bendice a nuestros fetiches y no dejes de adorarlos jamás, porque ellos te ayudarán a vivir feliz; tienes el honor de ser esclavo de nuestros señores blancos y así labrar la fortuna de tu padre y de tu madre". ¡Ay!, yo no sé si labré su fortuna, pero sin duda ellos no labraron la mía. Los perros, los micos y los loros son mil veces menos desgraciados que nosotros. Los fetiches holandeses[36] que me convirtieron me dicen cada domingo que todos, blancos y negros, somos hijos de Adán. Aunque no soy genealogista, si lo que dicen esos predicadores es cierto, todos somos primos nacidos de hermanos. Convendréis conmigo en que no es posible tratar a los parientes de modo más horrible».

«¡Oh, Pangloss! —exclamó Cándido—, tú no habías adivinado este horror, pero es un hecho y finalmente tendré que renunciar a tu optimismo». «¿Qué es el optimismo?», preguntó Cacambo. «¡Ay! —contestó Cándido—, es el delirio de sostener que todo va bien cuando va mal». Y derramaba lágrimas mirando al negro y, llorando, entró en Surinam.

Lo primero de que se informan es de si hay en el puerto algún navío que vaya a zarpar para Buenos Aires. La persona a la que se habían dirigido era precisamente un patrón español, que se comprometió a cerrar con ellos un trato justo. Los citó en una taberna. Cándido y el fiel Cacambo fueron allí a esperarle con sus dos carneros.

Cándido, que tenía un corazón que se le salía del pecho, contó al español todas sus aventuras y le confesó que quería raptar a la señorita Cunegunda. «Me guardaré mucho de llevaros a Buenos Aires —dijo el patrón—, pues me colgarían y también a vos. La bella Cunegunda es la amante favorita de Su Excelencia». Para Cándido fue como un jarro de agua fría; lloró un buen rato; finalmente hizo un aparte con Cacambo: «Te diré, querido amigo, lo que has de hacer. Cada uno de nosotros tiene en los bolsillos cinco o seis millones en diamantes; tú eres más hábil que yo; ve a Buenos Aires a buscar a la señorita Cunegunda. Si el gobernador pone dificultades, ofrécele un millón; si no cede, ofrécele dos: tú no has matado a ningún inquisidor y nadie recelará de ti. Yo armaré otro barco; iré a Venecia a esperarte; éste es un país libre en el que nada hay que temer ni de búlgaros, ni de avaros, ni de judíos, ni de inquisidores». Cacambo aplaudió esa prudente resolución. Estaba desesperado por tener que separarse de un buen amo, ya amigo íntimo suyo; pero el placer de serle útil se impuso al dolor de dejarlo. Se abrazaron entre lágrimas. Cándido le recomendó que no olvidase a la buena de la vieja. Cacambo partió aquel mismo día. Era un muy buen hombre el tal Cacambo.

Cándido se quedó aún por un tiempo en Surinam y esperó a que otro patrón quisiera llevarle a Italia a él y a los dos carneros que le quedaban. Tomó unos criados y compró todo lo preciso para un largo viaje; finalmente, el señor Vanderdendur, patrón de un gran navío, se presentó ante él.

«¿Cuánto pedís por llevarnos directamente a Venecia a mí, a mis servidores, mi equipaje y los dos carneros que llevo conmigo?».

El patrón pidió diez mil piastras. Cándido no lo dudó.

«¡Vaya, vaya! —se dijo el prudente Vanderdendur—; este extranjero suelta diez mil piastras sin rechistar. Debe de ser muy rico».

Volvió poco después y se desdijo diciendo que no podía zarpar por menos de veinte mil.

«¡Pues bien, las tendréis!», dijo Cándido.

«¡Caramba! —se dijo en voz baja el mercader—, a este hombre le da igual veinte mil piastras que diez mil».

Volvió de nuevo y le dijo que no podría llevarle a Venecia por menos de treinta mil piastras.

«Tendréis las treinta mil», respondió Cándido.

«¡Vaya, vaya! —se dijo de nuevo el mercader holandés—, treinta mil piastras no le cuestan nada a este hombre; sin duda sus carneros llevan inmensos tesoros; no insistamos más; hagámosle pagar primero las treinta mil piastras y luego ya veremos».

Cándido vendió dos pequeños diamantes, el menor de los cuales valía más que todo lo que pedía el patrón. Pagó por adelantado. Fueron embarcados los dos carneros. Cándido los seguía en una barquichuela para alcanzar al navío en la rada; el patrón elige el momento, se hace a la vela, zarpa; tiene viento favorable. Cándido, perdido y asombrado, no tarda en perderle de vista. «¡Ay! —exclamó—, ¡esta jugarreta es digna del viejo mundo!». Regresa a la orilla abrumado de dolor; porque, en definitiva, había perdido tanto como para labrar la fortuna de veinte monarcas.

Se encamina hacia la casa del juez holandés y, como estaba tan fuera de sí, llama con fuertes golpes a la puerta. Entra, expone lo ocurrido y levanta la voz más de lo debido. El juez comenzó por hacerle pagar diez mil piastras por el escándalo que había armado. Luego le escuchó pacientemente, le prometió examinar su caso una vez que el mercader estuviese de vuelta y le cobró otras diez mil piastras por las costas.

Este proceder acabó por desesperar a Cándido. Y aunque es cierto que había sufrido ya desgracias mil veces más dolorosas, la sangre fría del juez y la del patrón que le había robado encendió su bilis, y le sumió en una negra melancolía. La maldad humana se le presentaba en toda su fealdad; no alimentaba más que tristes ideas sobre ella. Finalmente, un navío francés estaba a punto de zarpar para Burdeos, y como no tenía ya carneros cargados de diamantes que embarcar, tomó un camarote en el navío a un precio justo, y fue diciendo por la ciudad que pagaría el pasaje, la manutención, y daría dos mil piastras a un hombre de bien que quisiera hacer el viaje con él, a condición de que este hombre fuese el más descontento de su suerte y el más desdichado de la provincia.

Se presentó tal multitud de aspirantes que una flota no hubiera bastado para contenerlos. Cándido, queriendo elegir entre los mejores, escogió a una veintena de personas que le parecieron lo bastante sociables, y todos pretendían merecer la preferencia. Las reunió en su posada y les dio de comer a condición de que cada una jurase contarle fielmente su historia, prometiendo elegir a aquella que le pareciese la persona más desdichada y más justificadamente descontenta de su suerte, dando a las demás alguna gratificación.

La sesión duró hasta las cuatro de la noche. Cándido, mientras escuchaba todas sus aventuras, recordaba lo que le había contado la vieja, yendo hacia Buenos Aires, y la apuesta que ella había hecho de que no había nadie en el navío a quien no le hubieran ocurrido grandes desgracias. Pensaba en Pangloss a cada aventura que le contaban. «A ese Pangloss —decía— le sería difícil demostrar su filosofía. Me gustaría tenerle aquí. Ciertamente, donde todo va bien es en El Dorado y no en el resto de la tierra». Finalmente se decidió en favor de un pobre sabio que, durante diez años, había trabajado para los editores de Ámsterdam. Juzgó que no había trabajo en el mundo del que pudiera estarse más asqueado.

Este sabio, que, por otra parte, era un buen hombre, había sido robado por su mujer, apaleado por su hijo y abandonado por su hija, que había escapado con un portugués. Acababan de privarle de un pequeño empleo con el que subsistía; le perseguían los predicadores de Surinam, porque le creían un sociniano.[37] Hay que reconocer que los otros eran por lo menos tan desgraciados como él; pero Cándido esperaba que el sabio le ahorrase el aburrimiento durante la travesía. A todos sus otros rivales les pareció que Cándido era muy injusto con ellos; pero éste les apaciguó dando a cada uno cien piastras.

Capítulo vigésimo

Lo que les aconteció en el mar a Cándido y a Martín

Así es como el viejo sabio, que se llamaba Martín, se embarcó para Burdeos con Cándido. Uno y otro habían visto y sufrido mucho; y cuando el navío se hubo hecho a la vela de Surinam al Japón, doblando el cabo de Buena Esperanza, no les iba a faltar materia de conversación sobre el mal moral y el mal físico durante todo el viaje.

Sin embargo, en una cosa Cándido aventajaba en mucho a Martín, y era que siempre esperaba volver a ver a la señorita Cunegunda, mientras que Martín ya no esperaba nada; tenía además oro y diamantes y, aunque hubiera perdido cien carneros bermejos cargados de los más grandes tesoros de la tierra, aunque todavía tuviese el corazón herido por la bribonada del patrón holandés, cuando pensaba en lo que le quedaba en los bolsillos y hablaba de Cunegunda, sobre todo al final de las comidas, entonces se inclinaba por el sistema de Pangloss.

«Pero vos, señor Martín —le dijo al sabio—, ¿qué pensáis de todo esto? ¿Cuál es vuestra idea acerca del mal moral y del mal físico?». «Señor —repuso Martín—, mis curas me han tildado de sociniano; pero lo cierto es que soy maniqueo». «Os reís de mí —manifestó Cándido—, pues ya no quedan maniqueos en este mundo». «Quedo yo —dijo Martín—; no sé qué hacer, pero no puedo pensar de otro modo». «Tal vez tenéis el diablo en el cuerpo», dijo Cándido. «Se mezcla tanto en los asuntos de este mundo —dijo Martín — que bien podría estar en mi cuerpo, como lo está por todas partes, pero os confieso que cuando echo una mirada sobre el globo, o mejor dicho, sobre este globulillo, creo que Dios lo ha abandonado a algún malhechor, exceptuando a El Dorado. No he visto ciudad que no desease la ruina de la ciudad vecina, familia que no pensase exterminar a alguna otra. Por doquier los débiles execran a los poderosos, ante los que se arrastran, y los poderosos los tratan como rebaños cuya lana y carne se venden. Un millón de asesinos alistados en regimientos corre de un extremo a otro de Europa, saqueando y matando muy disciplinadamente para ganarse el pan, porque no hay oficio más honesto. Y en las ciudades que parecen gozar de paz y allí donde florecen las artes los hombres se ven devorados por más deseos, afanes e inquietudes que las plagas que ha de soportar una ciudad sitiada. Las angustias secretas son más crueles aún que las miserias públicas. En una palabra, he visto y sufrido tanto, que soy maniqueo».

«Hay, sin embargo, cosas buenas», replicaba Cándido. «Puede ser —decía Martín—, pero yo no las conozco».

Estaban en medio de esta discusión cuando se oyó un cañonazo. El ruido redobla cada vez más. Cada uno coge su catalejo. Divisan dos navíos que combatían a unas tres millas de distancia; el viento llevó a uno y otro tan cerca del navío francés que pudieron disfrutar del placer de ver el combate a sus anchas. Finalmente, uno de los navíos lanzó al otro una andanada tan baja y certera que lo mandó a pique. Cándido y Martín distinguieron un centenar de hombres en la cubierta del navío que se hundía; levantaban las manos al cielo y lanzaban clamores horribles; en unos instantes el mar lo tragó todo.

«Pues bien —dijo Martín—, así es como se tratan los hombres unos a otros». «Es cierto —dijo Cándido— que hay en esto algo de diabólico». Al tiempo que decía estas palabras reparó en una cosa de color rojo brillante que nadaba junto a su nave. Botaron la chalupa para ver de qué se trataba: era uno de sus carneros. Fue mayor el contento de Cándido al encontrar aquel carnero que su aflicción al perder cien, todos cargados de grandes diamantes de El Dorado.

El capitán francés pronto se dio cuenta de que el capitán del navío vencedor era español y el del hundido un pirata holandés, el mismo que le había robado a Cándido. Las inmensas riquezas de que se había apropiado aquel desalmado quedaron enterradas en el mar con él; y no se salvó más que un carnero. «Ya veis —dijo Cándido a Martín— que el delito es castigado a veces; ese bribón de patrón holandés ha tenido su merecido». «Sí —dijo Martín—, pero ¿hacía falta que perecieran también los pasajeros que iban en su navío? Dios ha condenado al bribón, el diablo ha ahogado a los demás».

Mientras tanto el navío francés y el español continuaron su travesía y Cándido sus conversaciones con Martín. Discutieron quince días seguidos, al cabo de los cuales habían progresado tanto como el primero. Pero, en fin, hablaban, se comunicaban ideas, se consolaban. Cándido acariciaba su carnero. «Puesto que te he encontrado a ti —decía—, puedo encontrar también a Cunegunda».

Capítulo vigesimoprimero

Cándido y Martín se acercan a las costas de Francia y prosiguen su charla

Por fin avistan las costas de Francia. «¿Habéis estado alguna vez en Francia, señor Martín?», preguntó Cándido. «Sí —respondió Martín—, he recorrido varias de sus provincias. Las hay donde la mitad de sus habitantes están locos, otras donde son muy astutos, otras donde son en general bonachones y bastante necios, otras donde se las dan de ingeniosos; y, en todas, la ocupación principal es el amor; la segunda, la maledicencia; y la tercera, decir majaderías». «Pero, señor Martín, ¿habéis visto París?». «Sí, he visto París; los hay allí de todo pelaje; y es un caos, una barahúnda en la que todos buscan su propia satisfacción y casi nadie la encuentra, al menos eso me pareció a mí. Estuve poco tiempo y al llegar unos bribones me robaron todo cuanto tenía en la feria de Saint Germain. También a mí me tomaron por un ladrón y pasé ocho días en prisión; luego fui corrector en una imprenta para ganar algún dinero con el que volver a pie hasta Holanda. Conocí a la canalla escritora, a la canalla eclesiástica y a la canalla convulsionaria.[38] Dicen que hay gente muy distinguida en esa ciudad; me gustaría creerlo».

«Yo no siento ninguna curiosidad por ver Francia —dijo Cándido—; no es difícil comprender que, cuando se ha pasado un mes en El Dorado, no se preocupe uno de ver en la tierra más que a la señorita Cunegunda. Voy a esperarla a Venecia y atravesaremos Francia para ir a Italia. ¿Me acompañaréis?»; «De mil amores —dijo Martín—; cuentan que Venecia sólo es buena para los nobles venecianos, pero que, sin embargo, allí dispensan muy buen acogida a los extranjeros cuando tienen mucho dinero; yo no lo tengo, pero lo tenéis vos, y os seguiré a donde sea». «A propósito —dijo Cándido—, ¿creéis que la tierra fue en su origen un mar, como lo asegura ese grueso libro[39] que tiene el capitán del navío?». «Yo no creo nada de todo eso —dijo Martín—, ni tampoco esos desvaríos que nos cuentan desde hace algún tiempo». «Pero ¿con qué fin fue creado este mundo?», preguntó Cándido. «Para hacernos rabiar», respondió Martín. «¿No os asombra —continuó Cándido— el amor de esas dos muchachas del país de los orejones por esos dos micos, cuya aventura os conté?». «En absoluto —dijo Martín—; no veo nada extraño en esa pasión; he visto tantas cosas extraordinarias que para mí ya no hay nada que lo sea». «¿Creéis, entonces —dijo Cándido—, que los hombres siempre se han destruido como lo hacen hoy? ¿Que siempre han sido mentirosos, pícaros, pérfidos, ingratos, bandidos, débiles, volubles, cobardes, envidiosos, glotones, borrachos, avaros, ambiciosos, sanguinarios, calumniadores, libertinos, fanáticos, hipócritas y necios?». «¿Creéis —dijo Martín— que los gavilanes se han comido a los pichones siempre que se los han encontrado?». «Sí, sí, sin duda», dijo Cándido. «Pues bien —dijo Martín—, si los gavilanes han tenido siempre el mismo carácter, ¿por qué pretendéis que los hombres han de cambiar el suyo?». «¡Oh! —respondió Cándido—, existen muchas diferencias, porque el libre albedrío...». Y razonando así llegaron a Burdeos.

Capítulo vigesimosegundo

Lo que les ocurrió en Francia a Cándido y a Martín

Cándido no se detuvo en Burdeos más que el tiempo necesario para vender algunas piedras preciosas de El Dorado y para conseguir dos plazas en una silla de postas, porque ya no podía prescindir de su filósofo Martín. Mucho le costó separarse de su carnero, que dejó a la Academia de las Ciencias de Burdeos, la cual propuso como tema del premio de aquel año por qué la lana de ese carnero era bermeja; y el premio fue adjudicado a un sabio del Norte que demostró por A más B, menos C, dividido por Z,[40] que el carnero tenía que ser por fuerza bermejo y morir de la viruela ovina.

Mientras tanto todos los viajeros con los que Cándido se encontraba en las posadas del camino le decían: «Vamos a París». Este anhelo general despertó finalmente también en él el deseo de ver esa capital; no suponía un gran desvío del camino a Venecia.

Entró por el faubourg Saint-Marceau y creyó encontrarse en el pueblo más feo de Westfalia.

Apenas hubo llegado a su lugar de hospedaje, enfermó ligeramente debido a sus fatigas. Como llevaba en el dedo un diamante enorme y habían visto en su equipaje una caja asombrosamente pesada, no tardó en tener a su lado a dos médicos que no había mandado llamar, a algunos amigos íntimos que ya no le dejaron y a dos beatas que le calentaban las cataplasmas. Martín decía: «Recuerdo haber estado también yo enfermo en París en mi primer viaje; era muy pobre: así que no tuve ni amigos, ni beatas, ni médicos, pero me curé».

Mas, a fuerza de remedios y de sangrías, la enfermedad de Cándido no hizo sino agravarse. Un beneficiado del barrio vino a pedirle con palabras melosas una cédula de confesión para el otro mundo pagadera al portador; Cándido no quiso saber nada. Las devotas le aseguraron que era una nueva moda; él les contestó que él no era un hombre a la moda. Martín quiso arrojar al sacerdote por la ventana. Éste juró que no enterrarían a Cándido. Martín juró que él enterraría al clérigo si seguía importunándolos. La disputa subió de tono. Martín lo cogió por los hombros y lo echó rudamente, lo cual causó un gran escándalo, por lo que se levantó acta.

Cándido se curó; y durante su convalecencia no le faltó buena compañía para cenar en su posada. Sus compañeros jugaban fuerte. Cándido estaba asombrado de que jamás le vinieran los ases; pero Martín no se asombraba de ello.

Entre quienes le hacían los honores de la ciudad, había un abate perigordino, una de esas personas solícitas, siempre dispuestas para todo, siempre serviciales, desvergonzadas, zalameras, acomodaticias, que acechan a su paso a los extranjeros, les cuentan la historia escandalosa de la ciudad y les ofrecen placeres de todo precio. Éste llevó a Cándido y a Martín, primeramente, al teatro. Representaban una tragedia nueva. Cándido se encontró sentado al lado de unas personas de buen tono, cosa que no le impidió llorar en determinadas escenas representadas a la perfección. Uno de los protestones que tenía a su lado le dijo en un entreacto: «Hacéis muy mal en llorar: esa actriz es pésima y el actor que actúa con ella peor aún; la obra es incluso peor que los actores; el autor no sabe una palabra de árabe y, sin embargo, la escena está ambientada en Arabia; además, es un hombre que no cree en las ideas innatas:[41] mañana os traeré veinte libros escritos contra él». «Señor, ¿cuántas obras de teatro tenéis en Francia?», preguntó Cándido al abate, que le respondió: «Cinco o seis mil». «Es mucho —dijo Cándido—, ¿y cuántas hay que sean buenas?». «Quince o dieciséis», replicó el otro. «Es mucho», dijo Martín.

Cándido quedó encantado de una actriz que hacía el papel de reina Isabel en una insípida tragedia que se representa de vez en cuando. «Esta actriz —le dijo a Martín— me gusta mucho; tiene cierto parecido con la señorita Cunegunda; sería un placer saludarla». El abate perigordino se ofreció a presentársela. Cándido, educado en Alemania, preguntó qué prescribía la etiqueta y cómo se trataba en Francia a las reinas de Inglaterra. «Hay que distinguir —dijo el abate—; en provincias se las lleva a comer a la posada; en París, se las respeta cuando son hermosas y se las tira al muladar cuando están muertas». «¡Las reinas al muladar!», exclamó Cándido. «Sí —dijo Martín—, la verdad es que no le falta razón al señor abate; me encontraba yo en París cuando la señorita Monime[42] pasó, como se dice, de esta vida a la otra; le negaron lo que la gente llama los *honores de la sepultura*, es decir, el pudrirse con todos los pordioseros del barrio en un cementerio vulgar y corriente; la enterraron completamente sola, aparte, en un rincón de la rue de Bourgogne; lo que debió de causarle una pena horrible, pues pensaba muy noblemente». «Es muy poco cortés», dijo Cándido. «¿Qué queréis? —dijo Martín—. Estas gentes están hechas así. Imaginaos todas las contradicciones, todas las incompatibilidades posibles, y las veréis en el gobierno, en los tribunales, en las iglesias, en los espectáculos de esta rara nación». «¿Y es verdad que en París se ríe siempre?», preguntó Cándido. «Sí —respondió el abate—, pero rabiando, porque se quejan de todo con grandes carcajadas y hasta se ríen cuando llevan a cabo las acciones más detestables».

«¿Quién es —dijo Cándido— ese gran cerdo que me habló tan mal de la obra con la que yo tanto lloré y de los actores que tanto me gustaron?». «Es un malandrín —respondió el abate—, que se gana la vida diciendo pestes de todas las obras y de todos los libros. Odia a los que triunfan tanto como los eunucos odian a los que gozan; es uno de esos áspides de la literatura que se nutren de cieno y de ponzoña; es un foliculario». «¿A qué llamáis foliculario?», dijo Cándido. «Es —dijo el abate— un folletista, un Freron».[43]

Así conversaban en la escalera Cándido, Martín y el perigordino viendo desfilar a la gente a la salida de la obra. «Aunque me urge volver a ver a la señorita Cunegunda —dijo Cándido—, quisiera cenar con la señorita Clairon;[44] porque me ha parecido admirable».

El abate no era persona que tuviera entrada en casa de la señorita Clairon, que únicamente frecuentaba a personas de buen tono. «Ya está comprometida para esta noche —dijo—; pero tendré el honor de llevaros a casa de una dama de calidad, y allí conoceréis París como si hubieseis estado en él cuatro años».

Cándido, que era curioso por naturaleza, se dejó llevar a casa de la señora, al final del faubourg Saint-Honoré; estaban jugando allí al faraón; una docena de jugadores tenían cada uno en la mano unas cartas, registro picudo de su mala fortuna.[45] Reinaba un profundo silencio, la palidez invadía la frente de los jugadores, la inquietud se reflejaba en la del banquero, y la señora de la casa, sentada junto a aquel banquero implacable, miraba con ojos de lince todas las apuestas «dobles», todas las «séptuples» con que cada jugador marcaba los picos de sus cartas; ella les hacía quitar las marcas con atención severa pero cortés, sin enfadarse nunca por temor a perder a sus asiduos: la dama se hacía llamar marquesa de Parolignac. Su hija, de quince años de edad, estaba entre los jugadores y avisaba con un guiño de las fullerías de aquellas pobres gentes, que trataban de enderezar así los reveses de la fortuna. Entraron el abate perigordino, Cándido y Martín; nadie se levantó, ni les saludó, ni les miró; todos estaban profundamente absortos en sus cartas. «La señora baronesa de Thunder-ten-tronckh era más cortés», dijo Cándido.

Mientras tanto el abate se acercó al oído de la marquesa, quien hizo ademán de levantarse, distinguiendo a Cándido con una graciosa sonrisa, y a Martín con una inclinación de cabeza de lo más noble; hizo ofrecer una silla y unas cartas a Cándido, quien perdió cincuenta mil francos en dos jugadas; luego cenaron alegremente y todo el mundo estaba asombrado de que a Cándido no le hubiese impresionado la cuantía de lo perdido. Los lacayos decían entre sí en su lenguaje lacayuno: «Debe de ser algún lord inglés».

La cena fue como la mayoría de las cenas de París: primero silencio, a continuación un ruido de palabras indescifrables, seguidas de ocurrencias casi todas insípidas, noticias falsas, malos razonamientos, un poco de política y mucha maledicencia; hasta se habló de libros nuevos. «¿Habéis leído —preguntó el abate perigordino— la novela del señor Gauchat,[46] doctor en teología?». «Sí —respondió un comensal—, pero no pude terminarla. Hay un montón de escritos impertinentes, pero todos juntos no alcanzan la impertinencia de Gauchat, doctor en teología; estoy tan harto de esta inmensidad de libros detestables que nos inundan, que me he puesto a jugar al faraón». «¿Y qué opináis de las *Misceláneas* del archidiácono T***?»,[47] inquirió el abate. «¡Ah! —respondió la señora de Parolignac—, ¡qué individuo más aburrido! ¡De qué modo tan curioso dice lo que todo el mundo ya sabe! ¡Cómo discute pesadamente lo que no merece ni la más leve mención! ¡Cómo se apropia sin gracia de la gracia ajena! ¡Cómo estropea lo que plagia! ¡Cómo me asquea! Pero no me asqueará más: me basta con haber leído algunas páginas del archidiácono».

Había en la mesa un hombre docto y de buen gusto que salió en defensa de lo que decía la marquesa. Luego se habló de tragedias; la dama preguntó por qué algunas tragedias que se representaban a veces eran ilegibles. El hombre de buen gusto explicó muy bien que una obra podía tener cierto interés y carecer de todo mérito; demostró en pocas palabras que no era suficiente con incluir una o dos de esas situaciones que se encuentran en todas las novelas y que seducen siempre a los espectadores, sino que lo que hace falta es ser original sin ser extravagante, a menudo sublime y siempre natural; conocer el corazón humano y hacerlo hablar; ser un gran poeta sin que ningún personaje de la obra parezca poeta; conocer perfectamente la propia lengua, hablarla con pureza, con constante armonía, sin que jamás la rima robe nada al sentido. «Cualquiera que no observe —añadió— todas estas reglas puede hacer una o dos tragedias aplaudidas en el teatro, pero nunca formará parte del rango de los grandes escritores; hay muy pocas tragedias buenas; unas son idilios en diálogos bien rimados y escritos; otras son razonamientos políticos soporíferos, o exageraciones repulsivas; otras, sueños de energúmenos, en estilo bárbaro, frases interrumpidas, largos apóstrofes a los dioses, porque no se sabe hablarles a los hombres, máximas falsas, lugares comunes ampulosos».

Cándido escuchó esta charla con atención, y se formó un muy buen concepto del que hablaba; y, como la marquesa había procurado ponerse a su lado, él se acercó a su oído y se tomó la libertad de preguntarle quién era aquel hombre que hablaba tan bien. «Es un sabio —dijo la señora— que no juega y que el abate me trae algunas veces a cenar. Lo sabe todo de tragedias y de libros, y ha escrito una tragedia que fue silbada y un libro del que no se ha visto fuera del establecimiento de su librero más que el ejemplar que me dedicó a mí». «¡Qué gran hombre! —dijo Cándido—. Es otro Pangloss».

Entonces, volviéndose hacia él, le dijo: «¿Pensáis, caballero, que todo va sin duda del mejor modo posible en el mundo físico y en el moral, y que no podría ser de otro modo?». «Yo, caballero —le respondió el sabio—, no pienso nada de esto: me parece que todo entre nosotros anda mal; que nadie sabe ni cuál es su rango ni su cargo, ni lo que hace ni lo que debería hacer, y que excepto la cena, que es más bien alegre y en la que parece reinar bastante unión, todo el resto del tiempo se va en disputas impertinentes: jansenistas contra molinistas,[48] parlamentarios contra eclesiásticos, literatos contra literatos, cortesanas contra cortesanas, financieros contra el pueblo, mujeres contra maridos, parientes contra parientes; es una guerra eterna».

Cándido le replicó: «He visto algo peor. Pero un sabio, que tuvo luego la desgracia de ser ahorcado, me enseñó que todo es una maravilla, que lo que vemos son las sombras de un hermoso cuadro».[49] «Vuestro ahorcado se burlaba de nosotros —dijo Martín—. Vuestras sombras son manchas horribles». «Son los hombres los que hacen las manchas —dijo Cándido—, y no pueden dejar de hacerlas». «Entonces no es culpa suya», dijo Martín. La mayoría de los jugadores, que no entendían nada de este lenguaje, bebían; y Martín platicaba con el sabio, y Cándido le contó una parte de sus aventuras a la anfitriona.

Después de cenar, la marquesa llevó a Cándido a su gabinete y le hizo sentarse en un sofá. «Y bien —dijo ella—, ¿amáis todavía apasionadamente a la señorita Cunegunda de Thunder-ten-tronckh?». «Sí, señora», le respondió Cándido. La marquesa le contestó con sonrisa afectuosa: «Me respondéis como un joven de Westfalia; un francés hubiera dicho: "Es verdad que amo a la señorita Cunegunda, pero al veros, señora, temo ya no amarla más"». «Ay, señora —dijo Cándido—, contestaré como queráis». «Vuestra pasión por ella —dijo la marquesa— comenzó cuando recogisteis su pañuelo; yo quiero que recojáis mi liga». «Con mucho gusto», dijo Cándido, recogiéndola. «Pero quiero que me la pongáis de nuevo», dijo la señora, y Cándido se la puso. «¿Veis? —le dijo la señora—, sois extranjero, a veces hago languidecer a mis amantes de París quince días, pero a vos me rindo la primera noche, porque hay que hacer los honores del país a un joven de Westfalia». La bella, habiendo visto en las manos del joven extranjero dos enormes diamantes, los elogió con tan buena fe que de los dedos de Cándido pasaron a los de la marquesa.

Cándido, de vuelta con el abate perigordino, sintió cierto remordimiento de haberle sido infiel a la señorita Cunegunda; el abate comprendió su pesar; no le había correspondido más que una pequeña parte de las cincuenta mil libras perdidas en el juego por Cándido, así como del valor de los dos diamantes, mitad regalados, mitad arrebatados. Su idea era aprovechar, cuanto pudiera, las ventajas que el conocer a Cándido pudiera depararle. Le habló mucho de Cunegunda; y Cándido le dijo que pediría perdón a su amada por su infidelidad en cuanto la viera en Venecia.

El perigordino redoblaba su cortesía y atenciones, y prestaba un amable interés a todo cuanto decía Cándido, a todo cuanto hacía, a todo cuanto quería. «Entonces, caballero, tenéis una cita en Venecia», le dijo. «Sí, señor abate —dijo Cándido—; es indispensable que vaya a encontrarme con la señorita Cunegunda». Entonces, movido por el placer de hablar de aquella que amaba, contó, según su costumbre, una parte de sus aventuras con esa ilustre westfaliana.

«Supongo —dijo el abate — que la señorita Cunegunda es inteligente y que escribe cartas encantadoras».

«Yo no he recibido ninguna—contestó Cándido—, porque pensad que, habiendo sido expulsado del castillo por amor a ella, me fue imposible escribirle; que poco después me enteré de que estaba muerta, que luego la encontré y la perdí y que le he mandado un mensajero, a dos mil quinientas leguas de aquí, cuya respuesta aún espero».

El abate escuchaba atentamente y parecía un poco pensativo. Se despidió de los dos extranjeros tras abrazarlos afectuosamente. Al día siguiente Cándido recibió, al despertar, una carta que decía así:

Dueño mío, mi amor querido:

Hace ocho días que estoy enferma en esta ciudad; he tenido conocimiento de que os halláis aquí. Volaría a vuestros brazos si pudiera moverme. He sabido de vuestro paso por Burdeos; allí dejé al fiel Cacambo y a la vieja que no deben tardar en venir. El gobernador de Buenos Aires se quedó con todo, pero me queda aún vuestro corazón. Venid. Vuestra presencia me devolverá la vida o me hará morir de placer.

Esta carta encantadora, esta carta inesperada, hizo exaltarse a Cándido con una alegría indecible; la enfermedad de su querida Cunegunda le abrumó de dolor. Dividido entre estos dos sentimientos, toma su oro y sus diamantes y se hace conducir con

Martín al palacete donde vivía la señorita Cunegunda. Entra temblando de emoción, su corazón palpita, solloza su voz; quiere abrir las cortinas del lecho, que le traigan una lámpara. «Guardaos mucho de hacerlo —le dice la doncella—, pues la luz la mataría», y rápidamente corre las cortinas. «Mi querida Cunegunda —dice Cándido llorando—, ¿cómo estáis? Si no podéis verme, habladme al menos». «No puede hablar», dice la doncella. La señora saca entonces de su lecho una mano regordeta que Cándido baña largo rato con sus lágrimas y que llena acto seguido de diamantes, dejando una bolsa repleta de oro sobre el sillón.

En medio de estos transportes llega un exento[50] seguido del abate perigordino y de una escuadra. «¿Así que éstos son —dice— los dos extranjeros sospechosos?». Los hace prender de inmediato y ordena a sus corchetes que les metan en prisión. «No es así como tratan a los viajeros en El Dorado», dice Cándido. «Hoy soy más maniqueo que nunca», dice Martín. «Pero, señor, ¿adónde nos lleváis?», pregunta Cándido. «A una mazmorra», responde el exento.

Martín, recobrando su sangre fría, juzgó que la dama, que pretendía ser Cunegunda, no era sino una tunanta, el señor abate perigordino otro tunante que había abusado lo antes posible de la inocencia de Cándido, y el exento otro tunante del que podrían fácilmente desembarazarse.

Para no exponerse a los procedimientos de la justicia, Cándido, instruido por su consejero y siempre impaciente además de volver a ver a la verdadera Cunegunda, ofrece al oficial tres pequeños diamantes de un valor de unos tres mil doblones cada uno. «¡Ah, señor! —le dice el hombre del bastón de marfil—, aunque hubierais cometido todos los crímenes imaginables, sois el hombre más honrado del mundo; ¡tres diamantes, cada uno de un valor de tres mil doblones! ¡Señor! Yo me dejaría matar por vos, en vez de llevaros a una celda. Ahora prenden a todos los extranjeros, pero dejadlo en mis manos, tengo un hermano en Dieppe, en Normandía; allá os llevaré y, si tenéis algún diamante que darle, os cuidará tanto como yo mismo».

«¿Y por qué prenden hoy a todos los extranjeros?», pregunta Cándido. El abate perigordino tomó entonces la palabra para decir: «Es porque un miserable andrajoso de la región de Atrebatia[51] oyó decir unas tonterías, las cuales bastaron para llevarle a cometer un parricidio, no como el de mayo de 1610, sino como el del mes de diciembre de 1594, y como otros cometidos en otros años y en otros meses por otros pordioseros que habían escuchado decir sandeces».[52]

Entonces el exento explicó de qué se trataba. «¡Ah, qué monstruos! —exclamó Cándido—. ¡Que se produzcan tales horrores en un pueblo que baila y canta! ¡Si pudiera salir cuanto antes de este país donde los monos provocan a los tigres! He visto osos en mi país, pero no he visto hombres más que en El Dorado. En el nombre de Dios, señor exento, llevadme a Venecia, donde he de esperar a la señorita Cunegunda». «Sólo puedo llevaros a la Baja Normandía», contesta el barrachel. Inmediatamente le hace quitar los grilletes, dice que cometió un error; manda retirarse a su gente y se lleva a Cándido y a Martín a Dieppe, dejándolos en manos de su hermano. Había en la rada un pequeño navío holandés. El normando, convertido gracias a otros tres diamantes en el más servicial de los hombres, embarca a Cándido y a su gente en la nave presto a zarpar para Portsmouth, en Inglaterra. No era éste el camino de Venecia, pero Cándido creía liberarse del infierno y contaba con retomar la ruta hacia Venecia a la primera ocasión que se presentase.

Capítulo vigesimotercero

Cándido y Martín van a las costas de Inglaterra y lo que allí ven

«¡Ah, Pangloss, Pangloss! ¡Ah, Martín, Martín! ¡Ah, mi querida Cunegunda! ¿Qué mundo es éste?», decía Cándido a bordo del navío holandés. «Una cosa loca y abominable», respondía Martín. «Puesto que conocéis Inglaterra, decidme, ¿está la gente allí tan loca como en Francia?». «Es otra clase de locura —repuso Martín—. Ya sabéis que estas dos naciones están en guerra por algunas fanegas de nieve en el Canadá, y que gastan más en esta guerra de lo que vale todo el Canadá. Deciros si hay más gentes de atar en un país que en el otro no me lo permiten mis pocas luces. Sólo sé que, en general, la gente que vamos a ver es muy atrabiliaria».

Dicho esto, atracaron en Portsmouth. Una multitud cubría la costa y miraba atentamente a un hombre grueso, puesto de rodillas, con los ojos vendados, sobre la cubierta de uno de los navíos de la flota; cuatro soldados, delante del hombre, le dispararon tan tranquilos en el cráneo cada uno tres balas y toda la muchedumbre se retiró muy satisfecha. «¿Qué ha sido eso? —preguntó Cándido—. ¿Qué demonio ejerce su imperio por todas partes?». Preguntó quién era el hombre gordo al que tan ceremoniosamente acababan de matar. «Es un almirante», le respondieron. «¿Y por qué matan a un almirante?». «Según dicen, porque él no mató a suficiente gente; entabló combate con un almirante francés y se descubrió que no se había acercado lo bastante a él». «Pero —dijo Cándido— el almirante francés estaba tan lejos del almirante inglés como éste de aquél». «Esto es indiscutible —le replicaron—, pero en este país hay que matar de vez en cuando a un almirante para estimular a los demás».

Cándido estaba tan atónito y asombrado de lo que veía y oía que no quiso ya poner pie en tierra y cerró un trato con el patrón holandés (por más que éste le robara como el de Surinam) para que lo llevara sin tardanza a Venecia.

El patrón estuvo listo al cabo de dos días. Costearon Francia; pasaron a la vista de Lisboa, y Cándido se estremeció. Entraron en el Estrecho y en el Mediterráneo y, por último, atracaron en Venecia.

«¡Loado sea Dios! —dijo Cándido abrazando a Martín—. Aquí veré de nuevo a la bella Cunegunda. Cuento con Cacambo como si fuera yo mismo. Todo está bien, todo va bien, todo va del mejor modo posible».

Capítulo vigesimocuarto

De Paquette y de fray Clavero

En cuanto llegó a Venecia, hizo buscar a Cacambo en todas las hosterías, en todos los cafés, en casa de todas las mujeres públicas, y no lo encontró. Mandaba a esperar cada día todos los navíos y todas las barcas: ninguna noticia de Cacambo. «Pero ¡cómo! —le decía a Martín—, ¡yo he tenido tiempo de viajar de Surinam a Burdeos, de ir de Burdeos a París, de París a Dieppe, de Dieppe a Portsmouth, de costear Portugal y España, de atravesar todo el Mediterráneo, de pasar algunos meses en Venecia; y la bella Cunegunda no ha venido! ¡En cambio, en vez de ella he encontrado a una desvergonzada y a un abate perigordino! Cunegunda sin duda está muerta, no me queda sino morir. ¡Ah, más me hubiera valido quedarme en el paraíso de El Dorado que regresar a esta maldita Europa! ¡Qué razón teníais, mi querido Martín! Todo no es más que ilusión y calamidad».

Cayó en una negra melancolía y no asistió a la ópera *alla moda*, ni tomó parte en ninguna otra diversión del carnaval; ninguna mujer le tentaba ya. Martín le dijo: «La verdad es que sois muy ingenuo si creéis que un criado mestizo, con cinco o seis millones en el bolsillo, va a ir a buscar a vuestra amada al fin del mundo para traérosla a Venecia. Se quedará con ella, si la encuentra. Si no la encuentra, tomará otra. Mi consejo es que olvidéis a vuestro criado Cacambo y a vuestra amada Cunegunda». Martín era de escaso consuelo. La melancolía de Cándido no hizo sino aumentar y Martín no dejaba de demostrarle que había escasa virtud y felicidad sobre la faz de la tierra, excepto quizá en El Dorado, adonde nadie podía ir.

Mientras discutían sobre materia tan importante y Cándido esperaba a Cunegunda, éste vio en la plaza de San Marcos a un joven teatino que llevaba del bracete a una muchacha. El teatino parecía lozano, rollizo, vigoroso; tenía relucientes los ojos, el aire seguro, el rostro altivo, los andares firmes. La muchacha era muy bonita y cantaba; miraba amorosamente al teatino y de vez en cuando le pellizcaba sus gruesos carrillos. «Al menos admitiréis —dijo Cándido a Martín— que esta gente es feliz. Hasta ahora no había encontrado en toda la tierra habitada, a excepción de El Dorado, más que a desdichados; pero apuesto a que esa muchacha y ese teatino son personas muy felices». «Yo apuesto a que no», dijo Martín. «No hay más que invitarles a comer —dijo Cándido—, y veremos si ando errado».

Inmediatamente los aborda, les presenta sus respetos y los invita a ir a su hostería a comer macarrones, perdices de Lombardía, huevas de esturión y a tomar vino de Montepulciano, lacryma-christi, y también de Chipre y de Samos. La mozuela se sonrojó, el teatino aceptó una proposición tan grata, y la muchacha los siguió, mirando a Cándido con ojos de confusión y de sorpresa, empañados por algunas lágrimas. Apenas hubo entrado en el aposento de Cándido, ella le dijo: «¡Ay, señor Cándido, ¿es que ya no reconocéis a Paquette?». A estas palabras, Cándido, que hasta ese momento no se había fijado en ella, porque no tenía en la cabeza más que a Cunegunda, le respondió: «¡Ay, mi pobre niña! ¿Fuisteis vos la que puso al doctor Pangloss en el estado en que yo le vi?». «¡Ah, señor!, la misma —dice Paquette—; ya veo que estáis enterado de todo. He sabido de las terribles desgracias ocurridas a todos los de la casa de la señora baronesa y a la bella Cunegunda. Os juro que mi destino no ha sido menos triste.

Yo era muy inocente cuando me conocisteis. Un franciscano, que era mi confesor, me sedujo fácilmente. Las consecuencias fueron horribles; me obligaron a dejar el castillo un poco más tarde, después de que el barón os echara a patadas en el trasero. Si un famoso médico no se hubiese apiadado de mí, estaría muerta. Fui, durante algún tiempo, por gratitud, la manceba del médico. Su mujer, que era muy celosa, me pegaba de un modo despiadado todos los días; era una furia. Ese médico era el más feo de los hombres y yo la criatura más desgraciada, apaleada a diario a causa de un hombre al que no amaba. Ya sabéis, señor, lo peligroso que es para una mujer desabrida el ser la mujer de un médico. Un día, cansado del proceder de su esposa, para curarla de un resfriado, le suministró una medicina tan eficaz que dos horas después moría en medio de horribles convulsiones. Los padres de la mujer trataron de llevar ante los tribunales a mi señor: él huyó y a mí me metieron en prisión. Mi inocencia no me habría salvado de no haber sido bonita. El juez me liberó a condición de suceder él al médico. Pronto fui suplantada por una rival, echada sin la menor recompensa y obligada a continuar este oficio abominable que tan grato os parece a los hombres y que para nosotras no es más que un pozo sin fondo de miserias. Vine a Venecia a ejercer mi oficio. ¡Ah, señor!, si pudierais haceros una idea de lo que es estar obligada a acariciar indiferentemente a un viejo mercader, un abogado, un monje, un gondolero, un abate; estar expuesta a todos los insultos, a todas las vejaciones; tener a veces que pedir prestada una falda para ir a que te la quite un hombre asqueroso; que uno te robe lo que has ganado con otro; tener que pagar a los alguaciles y no tener más perspectiva que una vejez espantosa, un hospital, un estercolero, concluiríais que soy una de las criaturas más desgraciadas de este mundo».

Paquette abría así su corazón al bueno de Cándido, en una hostería, en presencia de Martín, quien decía a Cándido: «Ya veis que he ganado la mitad de la apuesta».

Fray Clavero se había quedado en el comedor tomando un trago en espera de la comida. «Pero —dijo Cándido a Paquette— teníais un aire tan alegre, tan feliz cuando os encontré; cantabais, acariciabais con tanta naturalidad al teatino que me parecíais tan feliz como ahora afirmáis ser infortunada». «¡Ah, señor! —dijo Paquette—, ésa es otra de las miserias del oficio. Ayer me robó y apaleó un oficial, y hoy he de estar de buen humor para complacer a un fraile».

Cándido no quiso oír más; admitió que Martín tenía razón. Se sentaron a la mesa con Paquette y el teatino; la comida fue bastante alegre y hacia el final se pusieron a hablar con cierta confianza. «Padre —dijo Cándido al fraile—, me parece que disfrutáis de una suerte que todo el mundo no puede por menos que envidiaros; la flor de la salud brilla en vuestro rostro y vuestro semblante es un reflejo de vuestra felicidad; tenéis una moza hermosa para vuestro solaz y parecéis contento de ser teatino».

«Os aseguro, señor —dijo fray Clavero—, que bien quisiera yo que todos los teatinos estuviesen en el fondo del mar. He estado tentado cien veces de prender fuego al convento y de hacerme musulmán. Mis padres me obligaron a la edad de quince años a llevar este hábito aborrecible, para dejar más dinero a mi maldito hermano mayor, al que Dios confunda. La envidia, la discordia, la rabia, viven en los conventos. Es verdad que he dicho sermones que me han valido un poco de dinero, la mitad del cual me lo roba el prior. El resto me sirve para mantener a las barraganas; pero cuando por la noche me reintegro al convento, me rompería la cabeza contra las paredes de la celda; y todos mis compañeros están en el mismo caso».

Martín se volvió hacia Cándido con su sangre fría de siempre: «Pues bien, ¿no he ganado totalmente la apuesta?». Cándido dio dos mil piastras a Paquette y otras mil a fray Clavero. «Os aseguro —dijo— que con esto serán felices». «Yo no lo creo en absoluto —repuso Martín—; tal vez con este dinero les hagáis mucho más desgraciados aún». «Sea como fuere —dijo Cándido—, una cosa me consuela: y es el ver que a veces se vuelve a encontrar a gente a la que uno no creía que volvería a ver nunca más. Bien pudiera ser que, habiendo encontrado mi carnero bermejo y a Paquette, encuentre también a Cunegunda». «Deseo —dijo Martín— que ella algún día os haga feliz; pero lo dudo mucho». «Sois muy duro», dijo Cándido. «Es que he vivido mucho», dijo Martín.

«Pero mirad a esos gondoleros —dijo Cándido—. ¿Acaso no cantan sin cesar?». «Pero no los veis en su casa con sus mujeres y niños —replicó Martín—. El dux tiene sus penas, y los gondoleros las suyas. Verdad es que, puestos a elegir, es preferible la suerte del gondolero que la del dux; pero la diferencia es tan mínima que no vale la pena detenerse en ella».

«Se habla —dijo Cándido— del senador Pococurante,[53] que vive en un hermoso palacio a orillas del Brenta y que dispensa un buen recibimiento a los extranjeros. Se dice de él que es un hombre que no ha conocido nunca la tristeza». «Me gustaría ver una especie tan rara», dijo Martín. Cándido mandó inmediatamente a pedir permiso al señor Pococurante para ir a verlo al día siguiente.

Capítulo vigesimoquinto

Visita al señor Pococurante, noble veneciano

Cándido y Martín fueron en góndola por el Brenta y llegaron al palacio del noble Pococurante. Los jardines estaban cuidados con esmero y ornados con bellas estatuas de mármol; el palacio era una hermosa obra arquitectónica. El propietario del lugar, un hombre de unos sesenta años, muy rico, recibió a los dos curiosos muy cortésmente, pero no sin cierta frialdad, lo cual desconcertó a Cándido y no disgustó a Martín.

Primero dos lindas doncellas muy bien vestidas sirvieron un chocolate que habían hecho batir bien. Cándido no pudo por menos de elogiar su belleza, su gracia y su destreza. «Son unas muy buenas criaturas —dijo el senador Pococurante—; algunas veces les hago compartir mi lecho, porque ya estoy harto de las señoras de la ciudad, de sus coqueterías, envidias, riñas, humores, mezquindades, orgullo, tonterías y sonetos que hay que hacer o mandar hacer para ellas; pero también estas muchachas, después de todo, empiezan a aburrirme».

Tras el almuerzo, mientras se paseaba por una larga galería, Cándido se quedó sorprendido por la belleza de los cuadros. Preguntó de qué maestro eran los dos primeros. «Son de Rafael —dijo el senador—; los compré muy caros por vanidad hace algunos años; se dice que son los más bellos que hay en Italia, pero a mí no me gustan nada: han perdido mucho de su color; las figuras no están lo bastante bien trazadas y no destacan lo suficiente; los drapeados no se parecen en nada a una tela; en una palabra, digan lo que digan, yo no encuentro en esto la verdadera imitación de la naturaleza. Un cuadro a mí me gustaría solamente en el caso de que creyera ver la naturaleza en él; pero no hay ninguno de este tipo. Tengo muchos cuadros, pero ya no los miro».

Mientras esperaban la comida, Pococurante pidió que dieran un concierto. A Cándido le pareció la música deliciosa. «Este ruido —dijo Pococurante— puede divertir media hora: si dura más, cansa a todo el mundo aunque nadie se atreva a reconocerlo. La música de hoy no es más que el arte de ejecutar cosas difíciles, y lo que sólo es difícil a la larga deja de gustar.

»Tal vez me gustase más la ópera si no hubieran dado con el secreto de hacer de ella algo monstruoso que me asquea. Que vaya quien quiera a ver esas malas piezas dramáticas puestas en música en las que las escenas están concebidas sólo para llegar, sin venir a cuento, a dos o tres canciones ridículas para lucimiento de la garganta de una actriz. Que se desmaye de placer quien quiera o quien pueda viendo a un castrado gorgoriteando el papel de César o de Catón y paseándose con torpes aires por las tablas; por lo que a mí respecta, hace ya tiempo que he renunciado a esa pobreza que hoy constituye la gloria de Italia y que sus soberanos pagan tan cara». Cándido discutió todavía un poco, pero con discreción. Martín fue totalmente del parecer del senador.

Se sentaron a la mesa y, tras una comida excelente, entraron en la biblioteca. Cándido, viendo un Homero magníficamente encuadernado, alabó el buen gusto de Su Ilustrísima. «Éste es un libro —dijo— que hacía las delicias del gran Pangloss, el mejor filósofo de Alemania». «Pues no hace las mías —repuso con tono frío Pococurante—; me hicieron creer una vez que sentía gusto al leerlo; pero esta repetición constante de combates todos parecidos, esos dioses que actúan siempre para no hacer nada decisivo, esa Helena, que es el motivo de la guerra y que apenas si tiene protagonismo en la obra; esa Troya asediada y que no llegan a tomar, todo me provoca un tedio mortal. A veces he preguntado a alguna gente culta si se aburrían con esta lectura tanto como yo. Todas las personas sinceras me han confesado que el libro se les caía de las manos, pero que no podía faltar en ninguna biblioteca, como un monumento de la Antigüedad y como esas monedas oxidadas fuera ya de comercio.

«¿No pensará Vuestra Excelencia lo mismo de Virgilio?», preguntó Cándido. «He de admitir —dijo Pococurante— que el segundo, el cuarto y el sexto libros de su *Eneida* son excelentes, pero no creo que pueda haber nada más frío ni más desagradable que su piadoso Eneas, el fuerte Cloanto, el amigo Acates, el pequeño Ascanio, el imbécil rey Latino y su esposa Amata y la insípida Lavinia. Prefiero al Tasso y las patrañas del Ariosto».

«Me atrevería a preguntaros, señor —dijo Cándido—, si no os habéis deleitado leyendo a Horacio». «Tiene máximas —dijo Pococurante— útiles para un hombre de mundo y que, vestidas con unos versos llenos de fuerza, se graban más fácilmente en la memoria. Pero me importa muy poco su viaje a Brindisi y su descripción de una mala comida y de esa reyerta de rufianes entre un tal Pupilo,[54] cuyas palabras, según dice, *destilan mordacidad*, y otro cuyas palabras *eran avinagradas*. No he leído sino asqueado sus toscos versos contra las viejas y las hechiceras; y no veo qué mérito puede haber en decirle a su amigo Mecenas que, si se digna incluirle entre los poetas líricos, tocará el cielo con su frente sublime. Los necios lo admiran todo en un autor reputado. Por mi parte, yo no leo más que para mí; sólo me gusta lo que me es de provecho». Cándido, a quien habían enseñado a no juzgar nada por sí mismo, estaba muy asombrado de lo que oía, y Martín encontraba la manera de pensar de Pococurante harto razonable.

«¡Oh, he aquí un Cicerón! —exclamó Cándido—. Supongo que a este gran hombre nunca os cansaréis de leerlo». «No lo leo nunca —respondió el veneciano—. ¿Qué me importa a mí que asumiera la defensa de Rabirio o de Cluencio? Tengo ya muchos procesos que juzgar; me habrían gustado más sus obras filosóficas; pero cuando vi que dudaba de todo, llegué a la conclusión de que yo sabía tanto como él y que no necesitaba a nadie para ser un ignorante».

«¡Ah, he aquí ochenta volúmenes de recopilaciones de una Academia de las Ciencias! —exclamó Martín—; puede que haya algo bueno». «Seguramente lo habría —dijo Pococurante— si al menos uno de los autores de ese fárrago hubiera inventado el arte de hacer alfileres; pero en todos estos libros no hay más que vanos sistemas y ninguna cosa útil».

«¡Cuántas obras de teatro veo aquí! —exclamó Cándido—; ¡en italiano, en español, en francés!». «Sí —dijo el senador—; hay tres mil, pero ni tres docenas de ellas son buenas. En cuanto a esta colección de sermones, que no valen todos juntos lo que una página de Séneca, y todos esos gruesos volúmenes de teología, comprenderéis que no los abra nunca, ni yo ni nadie».

Martín descubrió estanterías repletas de libros ingleses. «Imagino —dijo— que a un republicano deben de gustarle la mayoría de estos libros escritos tan libremente». «Sí —respondió Pococurante—; es algo hermoso escribir lo que se piensa, pues es un privilegio del hombre. En toda nuestra Italia sólo se escribe lo que no se piensa. Los que viven en la patria de los Césares y de los Antoninos no se atreven a tener una idea sin el permiso de un jacobino. Me parecería bien esa libertad que inspira a los genios ingleses si la pasión y el espíritu partidista no corrompiesen cuanto esta preciosa libertad tiene en sí de estimable».

Cándido, viendo un libro de Milton, le preguntó si no consideraba a ese autor un gran hombre.

«¿A quién? —inquirió Pococurante—, ¿a ese bárbaro que hizo un largo comentario del primer capítulo del Génesis en diez libros de versos duros? ¿A ese burdo imitador de los griegos que desfigura la Creación y que, mientras Moisés representa al Padre Eterno creando el mundo mediante la palabra, hace coger al Mesías un gran compás de un armario del cielo para trazar su obra? ¿Yo estimar a ese que ha estropeado el infierno y el diablo del Tasso, que unas veces disfraza a Lucifer de sapo y otras de pigmeo, que le hace rehacer cien veces los mismos discursos, que le hace discutir sobre teología; que, imitando seriamente la cómica invención de las armas de fuego del Ariosto, hace que en el cielo los diablos disparen el cañón? Ni a mí ni a nadie en Italia han podido gustar estas lamentables extravagancias. Las nupcias del pecado y de la muerte y las culebras que el pecado alumbra hacen vomitar a todo hombre con un gusto un poco delicado, y su larga descripción de un hospital sólo pueden ser del agrado de un sepulturero. Ese poema oscuro, extraño y repulsivo, fue despreciado desde el mismo momento de su aparición y yo lo trato hoy como fue tratado en su patria por sus contemporáneos. Además, digo lo que pienso y me trae sin cuidado que los otros piensen como yo». Cándido estaba dolido por estas palabras; respetaba a Homero y apreciaba un poco a Milton. «¡Ay! —dijo por lo bajo a Martín—, mucho me temo que este hombre siente un soberano desprecio por nuestros poetas alemanes». «Eso no importaría demasiado», repuso Martín. «¡Oh, qué hombre superior! —seguía diciendo Cándido entre dientes—. ¡Qué gran genio es este Pococurante! ¡No le gusta nada!».

Tras haber pasado así revista a todos los libros, bajaron al jardín. Cándido alabó todas las bellezas. «No conozco nada de peor gusto —dijo el anfitrión—: no se ha puesto aquí más que baratijas; pero mañana mandaré hacer otro de más noble diseño».

Cuando los dos curiosos se hubieron despedido de Su Excelencia, Cándido dijo a Martín: «Y bien, convendréis conmigo en que éste es el más feliz de los hombres, pues está por encima de todo cuanto posee». «¿Acaso no habéis visto —dijo Martín— que está harto de todo cuanto posee? Platón dijo, hace ya mucho tiempo, que los mejores estómagos no son los que rechazan todos los alimentos». «Pero —repuso Cándido— ¿no es un placer criticarlo todo, ver sólo defectos donde los otros hombres creen ver bellezas?». «Es decir —replicó Martín—, ¿que puede haber placer en no tener placer?». «Pues bien —dijo Cándido—, el único feliz seré yo cuando vuelva a ver a la señorita Cunegunda». «Siempre es bueno tener esperanzas», repuso Martín.

Sin embargo, los días, las semanas pasaban; y Cacambo no volvía y Cándido estaba tan sumido en su dolor que ni siquiera reparó en que Paquette y fray Clavero no habían venido ni siquiera a darle las gracias.

Capítulo vigesimosexto

De la comida que dieron Cándido y Martín a seis extranjeros y quiénes eran éstos

Una noche que Cándido, seguido de Martín, fue a sentarse a la mesa con los extranjeros que estaban hospedados en la misma hostería, un hombre de rostro negro como el hollín se le acercó por detrás y tomándole por el brazo le dijo: «Preparaos para venir con nosotros, no faltéis». Cándido se vuelve y ve a Cacambo. Únicamente el rostro de Cunegunda habría podido asombrarle y complacerle más. A punto estuvo de enloquecer del contento. Abrazó a su querido amigo. «Seguro que está aquí Cunegunda, pero ¿dónde? Llévame a donde esté, que muera de alegría con ella». «Cunegunda no está aquí —dijo Cacambo—, sino en Constantinopla». «¡Ay, cielos! ¡En Constantinopla! Pero, aunque estuviera en la China, voy volando a su encuentro, partamos». «Partiremos después de cenar —respondió Cacambo—, no puedo deciros más; soy esclavo, mi dueño me espera; tengo que ir a servirle la mesa; ni una palabra; cenad y estad preparado».

Cándido, dividido entre la alegría y el dolor, contento de haber vuelto a ver a su fiel agente, asombrado de verle convertido en esclavo, lleno de ilusión por la perspectiva de encontrar a su amada, con el corazón agitado, el espíritu trastornado, se sentó a la mesa con Martín, que observaba con sangre fría estos lances, y con seis extranjeros que habían venido a pasar el carnaval en Venecia.

Cacambo, que ponía de beber a uno de los extranjeros, se acercó al oído de su amo, hacia el final de la comida, y le dijo: «Señor, Vuestra Majestad puede partir cuando guste, pues la nave está lista». Tras decir esto, salió. Los comensales, asombrados, se miraban sin pronunciar palabra, cuando otro criado, acercándose a su amo, le dijo: «Señor, la silla de postas de Vuestra Majestad está en Padua y la nave está lista». El amo hizo una seña y el criado partió. Todos los comensales volvieron a mirarse entre sí y se redobló la sorpresa general. Un tercer criado, acercándose a un tercer extranjero, le dijo: «Señor, hacedme caso, Vuestra Majestad no puede permanecer aquí por más tiempo, voy a prepararlo todo»; y desapareció al punto.

Cándido y Martín no tuvieron duda entonces de

que todo aquello no era más que una mascarada de carnaval. Un cuarto criado dijo a un cuarto amo: «Señor, Vuestra Majestad puede partir cuando le plazca». Y salió como los otros. El quinto criado dijo lo mismo al quinto amo. Pero el sexto habló de modo distinto al sexto extranjero, que estaba al lado de Cándido. Le dijo: «A fe mía, señor, no quieren conceder más crédito a Vuestra Majestad ni tampoco a mí, por lo que esta noche bien podríamos pasarla vos y yo a la sombra. Me voy a mis quehaceres. Adiós».

Tras haber desaparecido todos los criados, quedaron los seis extranjeros, Cándido y Martín, sumidos en un profundo silencio. Finalmente, Cándido lo rompió: «Señores —dijo—, es ésta una extraña broma: ¿por qué sois todos reyes? Por mi parte, os confieso que ni Martín ni yo lo somos».

El amo de Cacambo tomó entonces con aire grave la palabra y dijo en italiano: «No soy ningún bromista: mi nombre es Ahmed III.[55] Durante varios años fui gran sultán; destroné a mi hermano; mi sobrino me destronó a mí; a mis visires les cortaron el cuello; y yo fui a terminar mis días en el viejo serrallo; mi sobrino el gran sultán Mahmud me permite a veces viajar por motivos de salud y he venido a pasar el carnaval en Venecia».

Un joven que estaba junto a Ahmed habló a continuación y dijo: «Yo me llamo Iván;[56] he sido emperador de todas las Rusias; me destronaron en la misma cuna; encerraron a mi padre y a mi madre; me educaron en la prisión; a veces disfruto de permiso para viajar, acompañado por mis guardianes, y he venido a pasar el carnaval en Venecia».

El tercero dijo: «Yo soy Carlos Eduardo, rey de Inglaterra;[57] mi padre me cedió sus derechos al trono; luché para defenderlos; arrancaron el corazón a ochocientos de mis partidarios y se lo refregaron por la cara. He estado en prisión; me dirijo a Roma para hacer una visita a mi padre el rey, destronado como yo y como mi abuelo, y he venido a pasar el carnaval en Venecia».

El cuarto tomó entonces la palabra y dijo: «Yo soy el rey de los polacos;[58] la suerte de la guerra me ha privado de mis estados hereditarios; mi padre sufrió las mismas derrotas; yo me inclino ante la Providencia como el sultán Ahmed, el emperador Iván, el rey Carlos Eduardo, a quien Dios dé larga vida, y he venido a pasar el carnaval en Venecia».

El quinto dijo: «También yo soy rey de los polacos;[59] he perdido mi reino dos veces; pero la Providencia me ha dado otro estado, en el que he hecho más bien que el que pudieron hacer todos los reyes de los sármatas juntos en las orillas del Vístula; también yo me someto a los designios de la Providencia y he venido a pasar el carnaval en Venecia».

Quedaba por hablar el sexto monarca: «Señores —dijo—, yo no soy tan gran señor como vosotros, pero, después de todo, he sido rey como cualquier otro. Soy Teodoro;[60] fui elegido rey de Córcega; me llamaban *Vuestra Majestad* y ahora a duras penas si me llaman *señor*. Yo, que hice acuñar moneda, no tengo hoy ni un céntimo; yo, que tuve dos secretarios de Estado, apenas si dispongo hoy de un criado; me vi sentado en un trono y luego estuve largo tiempo en Londres preso, sobre la paja. Mucho me temo verme tratado igual aquí, aunque haya venido como Vuestras Majestades a pasar el carnaval en Venecia».

Los otros cinco reyes escucharon estas palabras con noble compasión. Cada uno dio veinte cequíes al rey Teodoro para que pudiera comprarse trajes y camisas. Cándido le obsequió con un diamante de dos mil cequíes. «¿Quién es este particular —decían los cinco reyes— que puede dar cien veces más que cada uno de nosotros, y que lo da?».

Justo cuando se levantaban de la mesa, llegaron a la misma hostería cuatro Altezas Serenísimas que también habían perdido a causa de la guerra sus estados y que venían a pasar el resto del carnaval en Venecia. Pero Cándido ni reparó en estos recién llegados. No tenía más idea en la cabeza que ir en busca de su querida Cunegunda a Constantinopla.

Capítulo vigesimoséptimo

Viaje de Cándido a Constantinopla

El fiel Cacambo ya había conseguido del patrón turco que iba a llevar de vuelta a Constantinopla al sultán Ahmed que recibiera a Cándido y a Martín a bordo. Uno y otro se presentaron después de haberse prosternado ante su miserable Alteza. De camino, Cándido le decía a Martín: «He aquí a seis reyes destronados con los que hemos comido, y entre esos seis reyes hay uno al que yo he dado limosna. Puede que haya otros muchos príncipes más desventurados. Yo no he perdido más que cien carneros y vuelvo a los brazos de Cunegunda. Mi querido Martín, una vez más Pangloss tenía razón: todo va bien». «Tal es mi deseo», dijo Martín. «Pero —repuso Cándido— ¡que increíble aventura hemos vivido en Venecia! ¡Nunca se había visto ni oído contar que seis reyes destronados comiesen juntos en una hostería». «Eso no es más extraordinario —manifestó Martín— que la mayoría de las cosas que nos han sucedido. Es cosa corriente que los reyes sean destronados. Y en cuanto al honor que hemos tenido de comer con ellos, es algo baladí».

Apenas hubo subido Cándido a la nave, le echó los brazos al cuello a su antiguo criado, a su amigo Cacambo. «Y bien —le dijo—, ¿qué hace Cunegunda? ¿Sigue siendo un prodigio de belleza? ¿Aún me ama? ¿Cómo está? ¿Le habrás comprado, sin duda, un palacio en Constantinopla?».

«Mi querido amo —repuso Cacambo—: Cunegunda se dedica a fregar platos a orillas de la Propóntide,[61] en casa de un príncipe que posee escasa vajilla: es esclava de un exsoberano llamado Ragotski[62] al que el Gran Turco da tres escudos diarios para hospedaje; pero no es esto lo más triste de todo; es que ha perdido su belleza y se ha puesto horrible». «¡Ah!, hermosa o fea —dijo Cándido—, yo soy un hombre de bien y mi deber es amarla siempre. Pero ¿cómo ha podido caer en tan abyecto estado con los cinco o seis millones que tú le llevaste?». «Sí —dijo Cacambo—, pero ¿acaso no tuve que dar dos millones al caballero don Fernando de Ibarra y Figueroa y Mascareñas y Lampourdos y Souza, gobernador de Buenos Aires, para lograr rescatar a la señorita Cunegunda? ¿Acaso un pirata no nos birló bravamente todo el resto? ¿Y no nos llevó ese mismo pirata al cabo de Matapan, a Milos, a Nicaria, a Samos, a Petra, a los Dardanelos, a Mármara, a Scutari? Cunegunda y la vieja sirven en casa de ese príncipe del que os he hablado, pero yo soy esclavo del sultán destronado». «¡Qué horribles calamidades, encadenadas unas con otras! —dijo Cándido—. Pero, después de todo, aún me quedan algunos diamantes y liberaré fácilmente a Cunegunda. Lástima que se haya afeado tanto».

Después, volviéndose hacia Martín, dijo: «¿Qué pensáis vos? ¿Quién es más de compadecer, el emperador Ahmed, el emperador Iván, el rey Carlos Eduardo o yo?». «Yo nada sé de ello —repuso Martín—; tendría que estar en vuestros corazones para saberlo». «¡Ah! —dijo Cándido—, si Pangloss estuviera aquí lo sabría y nos lo diría». «No sé —dijo Martín— con qué balanzas vuestro Pangloss habría podido sopesar los infortunios de los hombres y apreciar sus dolores. Lo que yo presumo es que hay millones de hombres sobre la faz de tierra cien veces más dignos de compasión que el rey Carlos Eduardo, el emperador Iván y el sultán Ahmed». «Bien podría ser», dijo Cándido.

En pocos días llegaron al canal del mar Negro. Cándido empezó por rescatar muy caro a Cacambo y, sin pérdida de tiempo, subió a bordo de una galera, con sus compañeros, para dirigirse hacia las costas de la Propóntide en busca de Cunegunda, por más fea que estuviese ahora.

Había allí, entre la chusma, dos forzados que remaban muy mal, y a quienes el cómitre levantino propinaba de vez en cuando algunos latigazos sobre sus hombros desnudos. Cándido, por un impulso natural, los miró más atentamente que a los otros galeotes y se acercó con actitud compasiva a ellos. Por algunos rasgos de sus rostros desfigurados le parecieron que guardaban cierto parecido con Pangloss y con el desventurado jesuita, ese barón, ese hermano de la señorita Cunegunda. Esta idea le emocionó y entristeció a un tiempo. Los observó con más atención aún. «La verdad —dijo a Cacambo—, si yo no hubiese visto ahorcar al maestro Pangloss, si no hubiese tenido la desgracia de dar muerte al barón, creería que son ellos los que reman en esta galera».

Al oír el nombre del barón y de Pangloss, los dos galeotes lanzaron un gran grito, se detuvieron en su banco y dejaron caer los remos. El cómitre levantino corrió hacia ellos y redobló los latigazos. «¡Parad, parad, señor! —gritó Cándido—. Os daré todo el dinero que queráis». «Pero ¡cómo! ¡Si es Cándido!», decía uno de los forzados. «¡Oh! ¡Es Cándido!», decía el otro. «¿Estoy soñando? —dice Cándido—. ¿Estoy despierto? ¿Estoy en una galera? ¿Es éste el señor barón al que yo di muerte? ¿Aquél es el maestro Pangloss al que vi ahorcar?».

«Somos realmente nosotros, somos nosotros», contestaron ellos. «¿Qué? ¿Es ése el gran filósofo?», preguntaba Martín. «¡Eh!, señor patrón levantino —dijo Cándido—, ¿cuánto dinero queréis por el rescate del señor de Thunder-ten-tronckh, uno de los primeros barones del Imperio, y por el del señor Pangloss, el más profundo metafísico de Alemania?». «Perro cristiano —le contestó el cómitre levantino—, puesto que estos dos perros de forzados cristianos son barones y metafísicos, lo que sin duda es una gran dignidad en su país, me darás cincuenta mil cequíes».

«Los tendréis, señor; volved a puerto y llevadme con la velocidad del rayo a Constantinopla y os pagaré en el acto. Pero no, llevadme a donde la señorita Cunegunda». El cómitre levantino, ante la primera oferta de Cándido, había ya puesto proa hacia la ciudad y hacía remar más rápido de lo que un pájaro hiende los aires.

Cándido abrazó cien veces al barón y a Pangloss: «Pero ¡cómo! ¿No os maté, mi querido barón? Y, mi querido Pangloss, ¿cómo seguís con vida después de haber sido ahorcado? ¿Y por qué estáis los dos en las galeras turcas?». «¿Es cierto que mi querida hermana está en este país?», preguntaba el barón. «Sí», respondía Cacambo. «¡Volver a ver a mi querido Cándido!», exclamaba Pangloss. Cándido les presentó a Martín y a Cacambo, se abrazaban todos, hablaban todos a la vez. La galera volaba, estaban ya en el puerto. Hicieron venir a un judío al que Cándido vendió por cincuenta mil cequíes un diamante de un valor de cien mil y que le juró por Abraham que no podía dar más. Pagó inmediatamente el rescate del barón y de Pangloss. Éste se arrojó a los pies de su salvador y los bañó en lágrimas. El otro se lo agradeció con una inclinación de cabeza y le prometió devolverle ese dinero a la primera ocasión. «Pero ¿es posible —decía— que mi hermana esté en Turquía?». «Nada más posible —replicó Cacambo—, puesto que friega la vajilla en casa de un príncipe de Transilvania». Hicieron venir inmediatamente a dos judíos. Cándido vendió más diamantes y zarparon todos en otra galera para ir a liberar a Cunegunda.

Capítulo vigesimoctavo

Lo que les sucedió a Cándido, a Cunegunda, a Pangloss, a Martín, etc.

«Perdón, una vez más —dijo Cándido al barón—; perdón, reverendo padre, por haberos atravesado el cuerpo de una estocada». «No se hable más de ello —dijo el barón—; yo fui demasiado brusco, lo confieso; pero, ya que queréis saber por qué suerte de azares me habéis visto en galeras, os diré que, después de que el hermano boticario del colegio me curara la herida, fui atacado y raptado por una partida de españoles; me encarcelaron en Buenos Aires justo cuando mi hermana acababa de partir. Pedí volver a Roma con el padre general. Fui nombrado para ir de capellán a Constantinopla en el séquito del señor embajador de Francia. No hacía ni ocho días que había asumido mis funciones, cuando vi al atardecer a un joven icoglán[63] muy bien plantado. Hacía mucho calor; el mozo quería tomar un baño; aproveché la oportunidad para bañarme yo también. No sabía que fuera pecado mortal para un cristiano el ser encontrado desnudo con un joven musulmán. Un cadí mandó darme cien azotes en la planta de los pies y me condenó a galeras. No creo que se haya cometido jamás injusticia más horrorosa. Pero quisiera saber por qué mi hermana está en la cocina de un soberano de Transilvania refugiado entre los turcos».

«Y a vos, mi querido Pangloss —dijo Cándido—, ¿cómo es que vuelvo a veros?». «Es verdad —dijo Pangloss—, pues me visteis ahorcar; yo debía, naturalmente, ser quemado; pero recordaréis que llovía a cántaros cuando me iban a quemar: fue tan fuerte la tormenta que no se pudo encender fuego; me ahorcaron, porque no podían hacer otra cosa; un cirujano compró mi cuerpo: me llevó a su casa y me diseccionó. Primero me hizo una incisión en forma de cruz desde el ombligo hasta la clavícula. Nadie jamás fue peor ahorcado que yo. El ejecutor de sentencias de la Santa Inquisición, que era subdiácono, quemaba a las personas de maravilla, pero no tenía costumbre de ahorcarlas: como la soga estaba húmeda, se deslizó mal y se enredó; en fin, yo respiraba aún. La incisión en cruz me hizo lanzar un grito tan desaforado que mi cirujano cayó de espaldas y, creyendo que diseccionaba al mismísimo diablo, escapó muerto de miedo y volvió a caerse escalera abajo en la huida.[64] Al estrépito acudió su mujer desde un gabinete contiguo, me vio tendido sobre la mesa con la herida en cruz y se asustó más aún que su marido; al huir cayó encima de él. Cuando volvieron un poco en sí, oí a la mujer del cirujano decir a éste: "Querido mío, pero ¿a quién se le ocurre diseccionar a un hereje? ¿Acaso no sabéis que el diablo está siempre en el cuerpo de esa gente? Voy enseguida a buscar un sacerdote para que lo exorcice". Me estremecí ante estas palabras e hice acopio de todas las fuerzas que me quedaban para gritar: "¡Tened piedad de mí!". Finalmente, el barbero portugués se sobrepuso; recosió mi piel; su propia mujer me cuidó y al cabo de quince días me levanté. El barbero me acomodó de lacayo de un caballero de Malta que iba a Venecia; pero como mi amo no tenía con qué pagarme, me puse a servir a un mercader veneciano y le seguí hasta Constantinopla.

»Un día se me ocurrió entrar en una mezquita, donde no había más que un viejo imán y una joven devota muy bonita, que decía sus padrenuestros; llevaba los pechos al aire, y entre las dos tetas lucía un bonito ramillete de tulipanes, rosas, anémonas, ranúnculos, jacintos y orejas de oso; dejó caer su ramillete; yo lo recogí y se lo volví a poner con muy respetuosa solicitud. Tardé tanto en entregárselo, que el imán montó en cólera y, viendo que yo era cristiano, pidió ayuda. Me llevaron ante el cadí, quien me hizo dar cien azotes en las plantas de los pies y luego me mandó a galeras. Me encadenaron justo en la misma galera y al mismo banco que al señor barón. En esa galera había también cuatro mozos de Marsella, cinco clérigos napolitanos y dos frailes de Corfú, quienes nos dijeron que aventuras como la nuestra ocurrían a diario. El señor barón aseguraba que él había sufrido una injusticia mayor que la mía; yo afirmaba que se era más permisivo con el hecho de prender flores en el pecho de una mujer que con estar en cueros con un icoglán. Discutíamos sin cesar y recibíamos veinte latigazos al día, cuando el encadenamiento de los hechos de este universo os condujo hasta nuestra galera, y nos habéis rescatado». «Y bien, mi querido Pangloss —le dijo Cándido—, cuando fuisteis ahorcado, diseccionado, molido a palos y habéis estado remando en las galeras, ¿siempre pensasteis que todo iba del mejor modo posible en el mundo?». «Siempre vuelvo a mi primera idea —dijo Pangloss—, pues, al fin y a la postre, soy filósofo y un filósofo no se ha de desdecir, porque Leibniz no podía equivocarse, y dado que la armonía preestablecida es la cosa más hermosa del mundo, como lo es la plenitud y la materia sutil».

Capítulo vigesimonoveno

De cómo Cándido encontró a Cunegunda y a la vieja

Mientras Cándido, el barón, Pangloss, Martín y Cacambo contaban sus aventuras, charlando sobre los acontecimientos contingentes o no contingentes de este mundo, y discutían acerca de los efectos y de las causas, del mal moral y del mal físico, de la libertad y de la necesidad, del consuelo que puede sentirse estando en las galeras de Turquía, atracaron en las costas de la Propóntide en casa del príncipe de Transilvania. Lo primero que vieron sus ojos fue a Cunegunda y a la vieja, que estaban tendiendo unas servilletas en unas cuerdas.

El barón palideció ante esta escena. El tierno enamorado Cándido, al ver a su bella Cunegunda atezada, con los ojos estriados de rojo, el pecho plano, las mejillas arrugadas, los brazos enrojecidos y despellejados, retrocedió tres pasos, presa del espanto, y luego avanzó por buena educación. Ella besó a Cándido y a su hermano; ellos besaron a la vieja: Cándido rescató a las dos.

Había en las cercanías una pequeña alquería: la vieja propuso a Cándido acomodarse allí mientras esperaban todos un destino mejor. Cunegunda no sabía que se había afeado, nadie se lo había dicho; le recordó a Cándido sus promesas con un tono tan enérgico que el bueno de Cándido no se atrevió a rechazarla. Hizo saber, pues, al barón que se casaría con su hermana. «No consentiré jamás —dijo el barón— a semejante bajeza por su parte y a tal insolencia por la vuestra; esta infamia nunca podrá serme reprochada: los hijos de mi hermana no podrían entrar ya en las asambleas de la nobleza de Alemania. No, mi hermana no se casará jamás si no es con un barón del Imperio». Cunegunda se arrojó a sus pies y los bañó con sus lágrimas; pero él se mostró inflexible. «Hombre sin seso —le dijo Cándido—: te he liberado de las galeras, he pagado tu rescate, y también el de tu hermana, que se dedicaba aquí a fregar platos; está fea, tengo la bondad de hacerla mi esposa, ¡y tú pretendes aún oponerte! Te volvería a matar si obedeciese a mi cólera». «Puedes matarme otra vez —dijo el barón—, pero no te casarás con mi hermana mientras viva».

Capítulo trigésimo

Conclusión

Cándido, en el fondo de su corazón, no tenía ningunas ganas de casarse con Cunegunda. Pero la gran insolencia del barón le empujaba a hacerlo y Cunegunda le urgía tan vivamente que ya no podía desdecirse. Consultó a Pangloss, a Martín y al fiel Cacambo. Pangloss escribió un memorial en el que demostraba que el barón no tenía ningún derecho sobre su hermana y que ella podía, con arreglo a las leyes del Imperio, casarse por detrás de la iglesia con Cándido.[65] Martín propuso arrojar al barón al mar; Cacambo decidió que había que restituirlo al cómitre levantino y devolverlo a las galeras; tras lo cual lo enviarían a Roma al padre general en el primer navío que zarpase. Solución esta que pareció muy bien; la vieja la aprobó; no dijeron nada a la hermana; y se puso la cosa en ejecución gracias al pago de algún dinero, y así tuvieron la satisfacción de embaucar a un jesuita y de castigar el orgullo de un barón alemán.

Era algo de lo más natural, al cabo de tantos desastres, suponer que Cándido, casado con su amada y viviendo con el filósofo Pangloss, el filósofo Martín, el prudente Cacambo y la vieja, y habiendo traído tantos diamantes de la antigua patria de los incas, disfrutaría de la vida más agradable del mundo; pero había sido estafado de tal manera por los judíos que ya no le quedaba más que su pequeña alquería; su mujer, que se afeaba cada día más, se volvió irritable e insoportable; la vieja estaba enferma y de peor humor que Cunegunda. Cacambo, que trabajaba el huerto e iba a vender verduras a Constantinopla, tenía excesivo trabajo y maldecía su destino. Pangloss estaba desesperado por no poder lucir su saber en alguna universidad alemana. En cuanto a Martín, seguía firmemente convencido de que por todas partes se está igual de mal; se tomaba las cosas con paciencia. Cándido, Martín y Pangloss discutían algunas veces de metafísica y de moral. Con frecuencia se veían pasar por debajo de las ventanas de la alquería naves llenas de efendis, bajás y cadíes que eran mandados al destierro a Lemnos, a Mitilene, a Erzurum. Se veía venir a otros cadíes, otros bajás, otros efendis, que ocupaban el puesto de los expulsados para ser posteriormente expulsados a su vez. Se veían cabezas empaladas que iban a ser presentadas a la Sublime Puerta. Estos espectáculos hacían redoblar las disertaciones y, cuando no se discutía, el aburrimiento era tal que la vieja se atrevió a decirles un día: «Me gustaría saber qué es peor, si ser violada cien veces por los piratas negros, que te corten una nalga, pasar por las baquetas de los búlgaros, ser azotado y ahorcado en un auto de fe, ser diseccionado, remar en galeras, sufrir, en fin, todas las miserias por las que hemos pasado todos, o bien quedarse aquí de brazos cruzados». «Buena pregunta», dijo Cándido.

Estas palabras suscitaron nuevas reflexiones, y Martín llegó a la conclusión de que el hombre había nacido para vivir en medio de las convulsiones de la inquietud o en el letargo del tedio. Cándido no estaba de acuerdo, pero tampoco afirmaba nada. Pangloss admitía que había sufrido horriblemente, pero, habiendo sostenido un día que todo iba del mejor modo posible, lo seguía manteniendo por más que no lo creyera.

Una cosa había acabado por confirmar a Martín en sus detestables principios, hecho dudar más que nunca a Cándido y confundido a Pangloss. Y es que vieron llegar a su alquería a Paquette y a fray Clavero, ya en la más extrema miseria; en breve tiempo se habían comido las tres mil piastras, se habían separado, vuelto a encontrar, habían reñido, les habían metido en prisión, se habían escapado y, por último, fray Clavero se había hecho musulmán. Paquette siguió ejerciendo por todas partes su oficio, pero ya no ganaba nada. «Yo había previsto —dijo Martín a Cándido— que vuestras dádivas no tardarían en esfumarse y en haceros más miserables. Habéis rebosado de millones de piastras, vos y Cacambo, y no sois más felices que fray Clavero y que Paquette». «¡Ah, ah! —dijo Pangloss a Paquette—, ¡el cielo os trae aquí con nosotros, mi pobre niña! ¿Sabéis que me habéis costado la punta de la nariz, un ojo y una oreja? ¡Y vos tan entera! ¡Ah, qué cosas pasan en este mundo!». Esta nueva aventura los llevó a filosofar más que nunca.

Había en las cercanías un derviche muy famoso, que era considerado el filósofo más grande de Turquía; fueron a consultarle; Pangloss tomó la palabra y le dijo: «Maestro, venimos a rogaros que nos digáis ¿por qué fue creado un animal tan extraño como el hombre?». «¿Quién te manda inmiscuirte en esto? —preguntó el derviche—. ¿Acaso es asunto tuyo?». «Pero, reverendo padre —dijo Cándido—: hay infinitos males sobre la tierra». «¿Qué importa —replicó el derviche— que haya mal o que haya bien? Cuando Su Alteza envía un bajel a Egipto, ¿acaso le importa que las ratas que hay en el barco estén cómodas o no?». «Entonces, ¿qué hay que hacer?», preguntó Pangloss. «Callarse», dijo el derviche. «Yo esperaba —dijo Pangloss— razonar con vos acerca de los efectos y las causas, del mejor de los mundos posibles, del origen del mal, de la naturaleza del alma y de la armonía preestablecida». El derviche, ante estas palabras, les dio con la puerta en las narices.

Durante esta conversación corrió la noticia de que acababan de estrangular en Constantinopla a dos visires del Consejo y al muftí, y que habían empalado a varios de sus amigos. Esta calamidad armó mucho ruido durante unas horas por todas partes. Pangloss, Cándido y Martín, de vuelta a la pequeña alquería, se encontraron con un buen anciano que estaba tomando el fresco en su puerta bajo un cenador de naranjos. Pangloss, que era tan curioso como filosofador, le preguntó cómo se llamaba el muftí al que acababan de estrangular. «Yo no sé nada —respondió el buen hombre—; nunca he sabido el nombre de ningún muftí ni de ningún visir. Lo ignoro todo de la historia de que me habláis; supongo que, en general, los que se mezclan en los asuntos públicos mueren a veces miserablemente y que bien merecido se lo tienen; pero nunca me informo de lo que se hace en Constantinopla; me contento con mandar a vender allí el fruto del huerto que cultivo». Dicho esto, hizo entrar en su casa a los extranjeros. Sus dos hijas y sus dos hijos les presentaron varias clases de sorbetes que hacían ellos mismos, *kaymac* con cortezas de cidra dulce, naranjas, limones, limas, piñas, pistachos, café de Moka sin mezclar con el mal café de Batavia y de las islas. Tras lo cual, las dos hijas del buen musulmán sahumaron las barbas de Cándido, de Pangloss y de Martín.

«Debéis de tener —dijo Cándido al turco — unas vastas y ricas tierras». «No tengo más que veinte fanegas —respondió el turco—; las cultivo con mis hijos; el trabajo ahuyenta de nosotros tres grandes males: el aburrimiento, el vicio y la necesidad».

Cándido, de vuelta a su alquería, reflexionó profundamente sobre las palabras del turco. Y dijo a Pangloss y a Martín: «Me parece que ese buen anciano ha conseguido tener un destino mil veces preferible al de los seis reyes con los que tuvimos el honor de cenar». «Las grandezas son muy peligrosas —dijo Pangloss—, según dicen todos los filósofos; porque en definitiva Eglón, rey de los moabitas, fue asesinado por Ehúd; Absalón fue colgado por los cabellos y atravesado por tres dardos; el rey Nadab, hijo de Jeroboán, muerto por Baasá; el rey Elá, por

Zimrí; Ocozías, por Jehú; Atalía, por Joás; los reyes Joaquín, Jeconías, Sedecías fueron esclavos. Ya sabéis cómo perecieron Creso, Astiages, Darío, Dionisio de Siracusa, Pirro, Perseo, Aníbal, Yugurta, Ariovisto, César, Pompeyo, Nerón, Otón, Vitelio, Domiciano, Ricardo II de Inglaterra, Eduardo II, Enrique VI, Ricardo III, María Estuardo, Carlos I, los tres Enriques de Francia, el emperador Enrique IV. Ya sabéis...». «También sé —dijo Cándido— que debemos cultivar nuestro huerto». «No os falta razón —manifestó Pangloss—, porque cuando el hombre fue puesto en el jardín del Edén, lo fue *ut operaretur eum,* para que lo trabajase; lo que demuestra que el hombre no ha nacido para vivir en reposo». «Trabajemos sin buscar explicaciones —dijo Martín—; es la única forma de hacer la vida llevadera».

El pequeño grupo aceptó esta loable decisión y todos se pusieron a ejercitar sus habilidades. El trocito de tierra rindió mucho. Cierto que Cunegunda era fea, pero se convirtió en una excelente pastelera; Paquette hacía calceta; la vieja cuidaba de la ropa blanca. Hasta fray Clavero trabajó; fue un excelente carpintero y se volvió un hombre de provecho. Y Pangloss, algunas veces, le decía a Cándido: «Todos los acontecimientos están concatenados en el mejor de los mundos posibles, porque, al fin y al cabo, si no os hubiesen echado a patadas en el trasero de un hermoso castillo por amor a la señorita Cunegunda, si no hubieseis sido llevado ante la Inquisición, si no hubieseis recorrido a pie América, si no hubieseis dado una estocada al barón, si no hubieseis perdido vuestros carneros del hermoso país de El Dorado, no estaríais comiendo aquí estas cidras dulces y estos pistachos». «Bien decís —respondió Cándido—, pero hay que cultivar nuestro huerto».[66]

Notas

1. Nombre más inglés que alemán. La falsa atribución no engañaba a nadie, pero el anonimato ponía a Voltaire al amparo de la justicia.
2. El ejército francés fue derrotado allí el 1 de agosto de 1759. «Doctor» remite más probablemente a la teología que a la medicina.
3. Entiéndase «de nobleza». Ya en las *Cartas inglesas* (1734) Voltaire ridiculiza el orgullo nobiliario de los alemanes: «Se ha visto hasta treinta Altezas del mismo nombre que no poseían otros bienes que unos blasones y un noble orgullo».
4. Como decir «todo lengua». Es caricatura de los filósofos optimistas y de su vocabulario.
5. Forma burlesca para referirse al sistema de Leibniz, en torno a cuya fórmula «el mejor de los mundos posibles» gira la sátira de Voltaire.
6. Los reclutadores prusianos iban vestidos de azul. No hay que olvidar que *Cándido* fue escrito durante la guerra de los Siete Años. Los «búlgaros» corresponden a los prusianos, como los «avaros» a los franceses.
7. Médico griego del siglo I d.C., evocado por Rabelais en *Gargantúa*.
8. En el *Diccionario filosófico* (1764) Voltaire retoma el tema, en el artículo *Guerra*: «... ¡pero cuando hay diez mil ex-

terminados y para colmo de gracia alguna ciudad ha sido arrasada, entonces cantan a cuatro voces una canción larga, desconocida para todos los que han combatido, y por si fuera poco plagada de barbarismos».

9. Es la conocida definición de Platón.
10. Un predicador protestante.
11. Los debates teológicos.
12. Aquí libros de cuentas.
13. Bajo Luis XIV había cinco calibres de cañones, distintos según el peso en libras de los proyectiles; el de veinticuatro era el más grueso.
14. El terremoto de Lisboa (1 de noviembre de 1755) causó treinta mil muertos y una enorme impresión en el optimista mundo dieciochesco. Fue la ocasión del *Poema* volteriano, que suena a acusación a la Providencia; al cual respondió Rousseau con la *Carta sobre la Providencia*, que quedó sin ulterior respuesta, pero el *Cándido* puede entenderse como tal, y así lo entendió Rousseau, que, por otra parte, se jactaba de no haberlo leído.
15. La actual Yakarta, a la sazón factoría comercial holandesa.
16. En Japón eran admitidos solamente los holandeses que jurasen no ser cristianos, y para demostrarlo pisoteaban un crucifijo. Ello era consecuencia de un complot urdido en 1638 por los portugueses y destapado por un holandés.
17. Ministro de la Inquisición, que asistía a las prisiones y otros encargos.
18. La iglesia prohibía el matrimonio entre personas unidas por un parentesco espiritual.
19. La ley mosaica prohibía comer el lardo, la parte grasa del animal. Y así se revelaban como judíos.

20. La llama derecha anunciaba la muerte.
21. Contrapunto elemental propio del canto llano usado principalmente para la música religiosa.
22. A la ley judía o a la cristiana.
23. Más que moyadores, se trata de moidores o lisboninas, antigua moneda de Portugal. Se convertirán en doblones al comienzo del capítulo X.
24. España había prometido ceder a Portugal (dueño del Brasil) esta ciudad, situada en las misiones jesuitas del Paraguay. Se acusó a los jesuitas de haber fomentado una revuelta de los indios. La expedición militar (1755-1756) partió, efectivamente, de Cádiz.
25. Inútil decir que no existe un Papa de este nombre. En la edición de 1829 aparece por primera vez una nota que se supone del propio Voltaire: «Véase la extrema discreción del autor; no ha habido hasta ahora un Papa con el nombre de Urbano X; teme atribuir una bastarda a un Papa conocido. ¡Qué circunspección! ¡Qué conciencia delicada!».
26. No se trata del Imperio otomano, al que Marruecos, estado independiente, no pertenece.
27. «¡Oh, qué desgracia no tener c...».
28. Antiguo nombre del mar de Azov.
29. El nacido en América de mestizo y española, o de español y mestiza. Se denominó así por tener un cuarto de indio y tres de español.
30. Referencia evangélica: véase Mateo 20 y ss.
31. El órgano de los jesuitas, que atacó mucho a Voltaire.
32. Antiguo nombre de la Guayana Francesa.
33. Situaban este país fantástico entre el Amazonas y el Orinoco. En el *Ensayo sobre las costumbres* (cap. CLI), Vol-

taire escribe que durante mucho tiempo se creyó que los incas y los peruanos «habitaban en medio de las tierras, junto a cierto lago Parima que tenía arenas de oro; que había una ciudad de tejados cubiertos de dicho metal; que los españoles llamaban a esa ciudad El Dorado, que durante mucho tiempo la buscaron».

34. Sir Walter Raleigh (1552-1618), navegante y cortesano inglés que, en 1595, exploró las Guayanas en busca de El Dorado.
35. Alusión a la *Utopía* de Tomás Moro (1516), canciller de Inglaterra.
36. Léase «los pastores holandeses».
37. Adepto del socianismo, sistema teológico creado por el teólogo italiano Fausto Socino (1539-1604), que se caracterizaba por el rechazo del dogma de la Trinidad y por la negación de la divinidad de Jesucristo.
38. Respectivamente, la canalla de los periodistas, la de los eclesiásticos y la de los jansenistas.
39. Alusión tanto a la *Histoire des navegations aux terres australes* del presidente De Brosses (1756) como a la *Théorie de la terre* de Buffon (1749).
40. El «sabio del Norte» es sin ninguna duda Maupertius, acérrimo enemigo de Voltaire en la corte de Federico II. En la famosa *Diatriba* contra él, Voltaire escribe que de sus obras resulta no haber otra prueba de la existencia de Dios «que en Z, igual a BC, dividido por A más B».
41. Referencia a una tesis de Descartes, criticada por Locke y Voltaire. Éste es, sin duda, el autor de la pieza que transcurre en Arabia (*Mahomet*, 1741).
42. Alusión a Adrienne Lecouvreur (1692-1730), que se había hecho célebre interpretando este personaje del *Mitrí-*

dates de Racine. Estaba viva aún la polémica sobre la excomunión que sufrían los comediantes.

43. Foliculario es un sinónimo despectivo de «periodista». Freron fue un literato francés, uno de los más terribles críticos de su época, adversario de Voltaire.
44. Mademoiselle Clairon (1723-1803): famosa actriz que actuó en varias piezas teatrales de Voltaire.
45. El faraón es un juego similar al bacarrá. Un banquero reparte el juego y lleva la banca, alimentada con las pérdidas de los jugadores. Es costumbre doblar un pico de la carta en el momento de la apuesta, de ahí la expresión «registro picudo».
46. El abate Gauchat (1709-1774) era un adversario de los filósofos.
47. El abate Trublet (1677-1770): bestia negra de Voltaire.
48. Es decir, jesuitas. El término proviene de Luis de Molina, jesuita español del siglo XVI.
49. En su *Teodicea*, Leibniz sostiene que el mal realza el bien: «las sombras realzan el color».
50. Un oficial de guardias de corps, inferior a alférez y superior a brigadier.
51. La actual Artois.
52. Alusión a los atentados contra Luis XV (1757) y Enrique IV (1594). «Sandeces» designa, pues, aquí, el fanatismo asesino.
53. El senador Pococurante es un poco el autorretrato de Voltaire; que es lo que el 10 de marzo de 1759 escribía Thieriot: «Tengo cierto parecido con el señor Pococurante...». En él se reflejan sus gustos y sus disgustos.
54. Error por Rupilio.
55. Sucedió a Mustafá II en 1703; depuesto por los jenízaros en 1730; muerto en 1736.

56. Zar en 1740; derrocado en 1741; apuñalado en 1764.
57. Hijo de Jacobo Estuardo, intentó un desembarco en Suecia, pero fue derrotado (1746); murió en la miseria en Italia.
58. Augusto III, Elector de Sajonia y rey de Polonia; Carlos II y Federico II lo expulsaron de sus estados (1706-1756).
59. Estanislao Leczinski, suegro de Luis XIV, perdió el trono en dos ocasiones (1709 y 1735) y se convirtió en soberano de Lorena.
60. Se trata del barón Teodoro de Neuhoff, aventurero que durante ocho meses fue rey de Córcega, en 1736; estuvo preso en Londres de 1749 a 1756.
61. Antiguo nombre del mar de Mármara.
62. Francisco Leopoldo Ragotski (1676-1735), príncipe de Transilvania, instigado por Francia, trató de sublevar a los húngaros contra Austria; derrotado, se refugió en Francia y luego en Turquía.
63. Paje del sultán.
64. El cirujano se imagina que la cruz ha despertado al diablo.
65. En el original: «*épouser Candide de la main gauche*», es decir, una ceremonia especial de matrimonio, por entonces vigente en Alemania. En caso de «*mésalliance*», mal casamiento, un príncipe que daba a la esposa su mano izquierda no comprometía en absoluto sus bienes y títulos, ni siquiera su palabra.
66. Voltaire, en Ferney, cavaba su huerto pasados los setenta años; y en su correspondencia vuelve siempre al placer que se saca de este trabajo; Cándido creaba escuela...